www.tredition.de

Suca Elles

Zwölf

Geschichten durch das Jahr

www.tredition.de

Autorin: Suca Elles

Umschlaggestaltung, Illustration: Suca Elles

Verlag: tredition GmbH, Hamburg

ISBN: **978-3-8491-1821-1**

Printed in Germany

Inhalt

Yasmin

„In einer halben Stunde erreichen wir Paris" sagte der Zugbegleiter. Dann schloss er wieder die Tür des Abteils. Manuela sah verwirrt hoch. Wo war sie? Ihr Blick fiel seitlich aus dem Fenster, und sie erkannte, dass sie in einem Zug saß. Wie war sie hier her gekommen? Was machte sie in einem Zug, der sich Paris näherte? Weiter wanderte ihr Blick und erreichte eine alte Dame, die ihr gegenüber saß und sie freundlich anlächelte.

„Schön, dass Sie aufgewacht sind" sagte diese. „Vielleicht wären Sie so freundlich, meinen Koffer von der Ablage zu holen, alleine schaffe ich das nicht." Dabei zeigte die alte Frau auf ein Monstrum, kariert und riesengroß. Manuela erhob sich und zerrte den Koffer von der Ablage. Sie ließ ihn auf den Sitz neben der alten Dame plumpsen. Diese öffnete den Koffer, holte einen Waschbeutel heraus und sagte: „Ich mache mich schnell ein wenig frisch. Wenn Sie solange auf mein Gepäck aufpassen würden?" Mit diesen Worten verschwand sie aus dem Abteil.

Manuela sah zur Ablage. Dort war ein zweiter weit kleinerer Koffer zu sehen. Ob das der ihre war?

Eilig nahm sie ihn herunter und öffnete ihn. Ja, das waren ihre Sachen. Aber was in aller Welt machte sie hier? Wieso war sie auf dem Weg nach Paris? Sie entdeckte auf dem Sitz, auf dem sie gesessen hatte, ihre Handtasche. Schnell öffnete sie den Reißverschluss und suchte nach Ihrem Geldbeutel. Neben ihrer Kreditkarte enthielt er ihren Ausweis und 240 Euro in bar. Ihr Blick fiel auf das Handy. Sie musste dringend ihre beste Freundin Yasmin anrufen. Vielleicht würde die ihr erklären können, was sie hier tat.

Yasmin und sie waren seit dem ersten Jahr auf dem Gymnasium befreundet. Damals waren beide die Außenseiter der Klasse gewesen. Yasmin wurde wegen ihrer dicken Brille und ihrer altmodischen Kleidung von den anderen Kindern gehänselt. Ihr Vater war Libanese mit türkischem Pass, und ihre Mutter war Deutsche. Beide Eltern waren konservativ, und dies drückte sich in der Kleidung, die Yasmin tragen musste, deutlich aus. Niemals hatte sie enge Jeans, kurze Röcke oder bauchfreie Shirts an. Sie trug vorwiegend dunkle Farben und Schnitte, in denen selbst erwachsene Frauen wie Großmütter ausgesehen hätten. Manuela war zwar modern gekleidet, aber bedingt durch eine Kieferanomalie musste sie eine große Zahnspange tragen, die sie auch während des Unterrichts nicht entfernen durfte. Einzig die Englischlehrerin bestand darauf, damit sie die Aussprache beurteilen konnte. Ansonsten sprach Manuela mit vielen Zischlauten, was sie ebenfalls zum Gespött der Klassenkameraden machte.

Die beiden Mädchen hatten sich schnell angefreundet, und diese Freundschaft hielt auch noch nach dem Abitur an. Längst hatte sich Yasmin modische Kleidungsstücke erkämpft, die dicke Brille gegen Kontaktlinsen vertauscht, und nach einer letzten Kieferoperation war auch Manuela zu einer hübschen jungen Frau geworden, die klar und deutlich sprach. Seit zwei Jahren teilten sie die beiden Mädchen eine Wohnung und verbrachten einen großen Teil ihrer Freizeit gemeinsam.

Manuela drückte auf die Kurzwahltaste, um die Feststation in ihrer Wohnung anzurufen. Nach dem dritten Klingeln meldete sich eine Männerstimme: „Ja".

„Ich möchte Yasmin sprechen" sagte Manuela. Nach einem kurzen Moment des Schweigens fragte die Stimme: „Wer spricht denn da?"

Manuela kannte die Stimme nicht. Keiner ihrer Freunde sprach so, und auch Yasmins Vater konnte nicht am anderen Ende der Leitung sein. Bei ihm war immer noch der Akzent zu hören. Nach kurzem Zögern beendete Manuela das Gespräch. Die Sache wurde immer mysteriöser. Sie wählte Yasmins Handy-Nummer, aber dort teilte ihr nur die Mailbox mit, dass die Angerufene momentan nicht erreichbar sei. Dann eben nicht. Sie würde es später noch einmal versuchen.

Sie starrte immer noch ihr Handy an, als die alte Dame wieder das Abteil betrat.

„Wenn Sie wollen, können Sie gerne in den Waschraum gehen. Ich achte auf ihr Gepäck" sagte sie. Ohne zu überlegen nahm nun Manuela ihrerseits ihren Waschbeutel und verließ das Abteil. Schnell putzte sie ihre Zähne und betrachtete sich dabei im Spiegel. Sie trug graue Jeans und eine blaue Jacke! Nie im Leben hatte sie eine blaue Jacke besessen, sie hasste diese Farbe. Wie kam sie zu diesem Kleidungsstück. Auch war sie nur unzureichend geschminkt. Üblicherweise trug sie Lidschatten, Kajal und Lippenstift. Nun bemerkte sie, dass sie lediglich ihre Wimpern getuscht hatte. Automatisch vervollständigte sie ihr Make-up und ging zurück in das Abteil. Sie hatten bereits die Vororte von Paris durchfahren und würden sicher bald am Gare du Nord ankommen. Bevor sie sich wieder setzte, sagte die alte Dame: „Entschuldigen Sie, meine Liebe, aber an ihrer Jacke hängt noch das Preisschild." Manuela zog die Jacke aus und entfernte den Anhänger. Neunundsechzig Euro stand dort. Nie im Leben hätte sie für eine Jacke in dieser hässlichen Farbe einen solchen Betrag ausgegeben!

Das Quietschen der Bremsen signalisierte die Ankunft auf dem Bahnhof. Manuela fragte sich im Stillen, wie die alte Dame den Koffer wohl transportieren würde, sah dann aber, dass er Rollen besaß. Der Zugbegleiter kam und half der Dame, die sich mit einem freundlichen Nicken von Manuela verabschiedete.

Auf dem Bahnsteig fragte sich Manuela, was sie nun unternehmen sollte. Mit dem nächsten Zug zurück fahren? Fuhr heute überhaupt noch ein Zug nach Deutschland? Nein, sie würde jetzt im Bahnhof einen Kaffee trinken und dann noch einmal telefonieren. Sie wandte sich zur Treppe, als ein junger Mann auf sie zutrat.

„Manuela?" fragt er und sie nickte automatisch. „Schön, dass du es doch noch geschafft hast" sagte er.

Sie sah ihn an und fragte: „Und wer bist du?" „Nenn mich einfach Jean-Pierre" antwortete er. „Hat alles geklappt?" Sie zuckte mit den Schultern „Weiß nicht" sagte sie knapp. Dann kam ihre eine Idee. „Woher kennst du mich überhaupt." Er deutete auf ihre Jacke. „Blaue Jacke" sagte er. „Ich versteh kein Wort" sagte jetzt Manuela „kannst du mir sagen, was ich hier mache?"

„Hat Yasmin dir nichts gesagt?" fragte er erstaunt. Wieder zuckte sie mit den Schultern. „Keine Ahnung. Ich bin im Zug aufgewacht, eine halbe Stunde, bevor wir angekom-

10

men sind, und habe keinen blassen Dunst, warum ich hier bin. Ich habe versucht, Yasmin anzurufen, aber da hat sich nur ein Mann gemeldet. Danach habe ich wieder aufgelegt."

„Mist" sagte er und wirkte mit einem Mal nervös. „Dann wissen sie also Bescheid." Jetzt rannte er fast, zog sie mit sich, überquerte den Parkplatz und hielt, sich nach allen Seiten umsehend, vor einem unauffälligen Renault. „Steig ein", sagte er „leg dich hinter die Vordersitze, zieh die Decke – er warf ihr ein kariertes Plaid zu – über dich und bleib unten, bis ich sage, dass du aufstehen kannst." Fast schubste er sie in den Fond, warf den Koffer in den Kofferraum und sprang auf den Fahrersitz. Mit einem Kavaliersstart fuhr er an.

Nach einer kleinen Weile fragte er: „Hast du dein Handy eingeschaltet?" Sie bejahte. „Nimm die Karte heraus und gib mir das Handy. Mach schnell!". Sie beeilte sich, so gut es im Liegen unter der Decke möglich war, und reichte ihm das Handy zwischen den Sitzen nach vorn. Er öffnete das Fenster und warf es hinaus. „Kriegst ein Neues" knurrt er mit zusammengebissenen Zähnen.

„Wohin fahren wir?" fragte Manuela und Jean-Pierre antwortete „Erst einmal aus der Stadt raus und dann ein wenig im Kreis herum, bis ich sicher sein kann, dass uns niemand verfolgt."

Es dauerte noch eine ganze Weile, bis sie Paris hinter sich gelassen hatten und nun auf der Nationalstraße schneller vorwärts kamen. „Merde" hörte sie Jean-Pierre fluchen „wie haben die uns so schnell entdeckt?" Manuela wollte fragen, wer denn „die" seien, aber nun gab Jean-Pierre Gas und Manuela hatte den Verdacht, dass er Motor des

Renault ordentlich getunt war. Sie wurde in ihrem Versteck hin und her geworfen und hatte das Gefühl, als würden die Stoßdämpfer sich in ihren Rücken bohren. Nach einer gefühlten Ewigkeit bremste der Wagen abrupt, sie hörte ein Sirren, dann gab Jean-Pierre wieder Gas, nur um Sekunden später mit kreischenden Bremsen zu halten. Er riss die Tür auf und sie aus dem Wagen, zog aus dem wieder anfahrenden Auto noch schnell ihren Koffer und drängte sie in einen Eingang, dessen Tür sich sofort wieder schloss, nachdem sie hindurch gegangen waren.

„Das Grundstück hat einen zweiten Eingang" sagte Jean-Pierre. „Robert spielt jetzt mit unserem Verfolger ein bisschen Katze und Maus."

„Würdest du mir jetzt wohl endlich einmal sagen, was hier zum Teufel gespielt wird?" Manuelas Stimme war die Wut deutlich anzuhören. Bevor jedoch Jean-Pierre antworten konnte, hörte sie von der Treppe im hinteren Teil des großen Foyers Yasmins Stimme: „Manu, bin ich froh, dass du da bist. Ich hatte schon Angst, es wäre etwas schief gegangen." Durch den Raum näherten sich zwei Personen. Die vordere war Yasmin und hinter ihr ging ein Mann, der große Ähnlichkeit mit ihrem Vater hatte. Yasmin umarmte Manuela, die mit hängenden Armen dastand. Erst als der Mann ihr seine Hand hinstreckte, ergriff sie diese und sagte: „Kann mich bitte jemand aufklären, was hier gespielt wird." Die Wut war aus ihrer Stimme gewichen und hatte einer Müdigkeit Platz gemacht.

„Erinnerst du dich denn nicht?" fragte Yasmin. Manuela schüttelte stumm den Kopf. Der Mann wechselte mit Yasmin einen schnellen Blick und sagte: „Woran kannst du dich erinnern?"

„Ich bin mir nicht sicher" antwortete sie kleinlaut. „Ich glaube, ich war auf der Hohen Straße..."

„Richtig" sagte Yasmin „da habe ich dich auf dem Handy angerufen und dir gesagt, du sollst nach Hause gehen, Kleidung für ein paar Tage in einen Koffer packen, dir eine blaue Jacke besorgen und mit dem Zug um 12.35 Uhr nach Paris fahren. Das hast du ja offensichtlich auch getan, sonst wärest du nicht hier." Der Mann unterbrach Yasmins Redefluss. „Hast du irgendwo etwas gegessen oder getrunken?"

Manuela überlegt und sagte dann: „In meinem Abteil war ein leerer Pappbecher mit einem Rest Kaffee. Möglicherweise habe ich mir am Bahnhof einen Kaffee gekauft, ihn aber erst im Zug getrunken."

„Das erklärt manches" sagte der Mann, der mit dem gleichen Akzent wie Yasmins Vater sprach.

„Wahrscheinlich haben sie das Haus beobachtet und sind dir gefolgt." Jetzt sprach er zu Yasmin. „Sie haben ihr unbemerkt k.o.-Tropfen in den Kaffee getan in der Hoffnung, dass sie im Bahnhof ohnmächtig wird. Sie hat aber erst im Zug von dem Zeug getrunken. Vermutlich trauten sie sich nicht an sie heran, möglicherweise war ein Zugbegleiter in der Nähe oder Polizei wegen eines Sonderzugs zu irgendeinem Fußballspiel. Also haben sie dafür gesorgt, dass jemand in Paris auf sie wartet." Jetzt wandte er sich an Jean-Pierre. „Gut gemacht, mein Freund, jetzt haben wir erst einmal Zeit gewonnen." Er drehte sich zu Manuela „Sei unbesorgt, hier bist du in Sicherheit. Yasmin wird dir nach dem Essen alles erklären. Und jetzt zu Tisch, das Abendbrot ist bereitet. Ach ja, ich heiße übrigens Gamal."

Später, in Yasmins Zimmer, sagte diese:

„Ich fasse alles einmal kurz zusammen. Gamal ist mein Vater. Der Mann, den du als meinen Vater kennst, ist sein Bruder. Mein richtiger Vater war zu der Zeit, als meine Mutter von ihm schwanger war, ein politischer Führer, der wegen seiner Tätigkeit in ständiger Gefahr von Attentaten schwebte. Er wollte meine Mutter nicht gefährden und ließ sie nach Deutschland zurückbringen. Dort kümmerte sich sein Bruder um sie und heiratete sie. Dass Gamal mein Vater ist blieb ein Geheimnis, weil er befürchten musste, dass man mich dazu benutzen würde, seiner habhaft zu werden. Ich weiß dies auch erst seit wenigen Tagen. Nun ist die Situation für ihn in seinem Land unhaltbar geworden, deswegen ist er nach Frankreich geflohen. Seine Flucht blieb allerdings nicht unbemerkt, und offenbar weiß man auch von meiner Existenz. Ich hatte Angst, man würde dich als Faustpfand nehmen, um an mich heranzukommen, deswegen habe ich deine Reise hierher veranlasst."

Manuela schwieg ein paar Augenblicke. Dann sagte sie:

„Und wie geht es jetzt weiter?"

„Nun, die Leute meines Vaters versuchen, deinen Verfolger zu fangen. Danach sehen wir weiter. Hier bist du erst einmal in Sicherheit."

„Und was ist mit meinem Job? Ich kann doch nicht einfach verschwinden, ohne eine Nachricht zu hinterlassen?"

„Wird alles geregelt, nur ruhig Blut."

Kaum hatte Yasmin den Satz beendet, als die Tür aufflog und Gamal im Rahmen stand.

„Schnell, kommt mit. Es ist etwas schief gelaufen" sagte er und wandte sich zum Gehen. Die Mädchen ergriffen ihre Jacken und Handtaschen und folgten ihm.

Auf der Treppe sagte er:

„Yasmin, du erinnerst dich an die Garagen, die unter dem Erdhügel am Ende des Grundstücks sind. Geht dort hinein, an der hinteren Wand, hinter dem Stapel mit Autoreifen ist eine Tür, der Schlüssel steckt. Geht hindurch und die Treppe hinunter. Ihr gelangt in einen Tunnel. Am Ende ist wieder eine Tür. Auch dort steckt der Schlüssel. Einige Stufen führen nach oben. Rechts ist ein Mechanismus, der eine Klappe, die unter Büschen verborgen ist, öffnet. Geht erst hindurch, wenn ihr sicher sein könnt, dass niemand draußen ist. Wendet euch nach rechts. Bleibt eng an der Mauer. Hinter der Ecke steht ein Auto. Ich gebe euch Selim mit, der bringt euch in die Botschaft. Und jetzt beeilt euch. Ich komme so schnell ich kann nach."

Er umarmte Yasmin und küsste sie auf die Stirn, dann winkte er dem jungen Mann, der sich Jean-Pierre genannt hatte, und zu dritt liefen sie aus dem Hinterausgang zu der Garage, die in einem Erdbunker versteckt war. Durch die Seitentür traten sie ein. Es war eine Halle, in der mehrere Autos, darunter auch ein Sportwagen und ein Lieferwagen standen. Sie eilten zur Rückseite, wo sie hinter einem Reifenstapel die beschriebene Stahltür fanden. Selim drehte den Schlüssel, und die Tür öffnete sich lautlos. Sie hatten gerade die oberste Stufe zum Keller erreicht, als ein dumpfer Knall sie innehalten ließ. Selim drängte Manuela nach vorn und sagte:

„Lauf und warte am Ende der Mauer auf mich, ich bin sofort wieder da", und als er ihr Zögern bemerkte: „Nun mach schon, beeil dich!"

Manuela eilte die Stufen hinunter, durch den Tunnel und durch die zweite Tür, die ebenfalls aus schwerem Stahl gefertigt war und hinter ihr ins Schloss fiel. Sie drehte sich um und bemerkte, dass auf dieser Seite keine Klinke angebracht war. Sie klopfte dagegen und rief leise:

„Yasmin!" und noch einmal etwas lauter „Yasmin!" Als sie keine Antwort erhielt, kletterte sie die Stufen hinauf und fand an der rechten Wand den beschriebenen Hebel. Sie legte das Ohr an die Metallplatte, die den Ausgang verschloss, hörte aber nichts, außer dem Pochen ihres Herzens. Sie zögerte. Wieder hörte sie einen dumpfen Knall, weit entfernt, wie es schien, jedoch keine Schritte, keine Stimmen, kein Motorengeräusch. Vorsichtig betätigte sie den Hebel und ganz langsam und geräuschlos öffnete sich der Deckel. Sie spähte vorsichtig hindurch, sah jedoch nur Zweige und dahinter matt erleuchtet einen schmalen Weg. Sie stieg aus der Öffnung und drückte den Deckel vorsichtig bis auf einen kleinen Spalt wieder zu, damit sie notfalls zurück in den Schacht klettern konnte, aber alles blieb ruhig. Vorsichtig bewegte sie sich mit der Mauer im Rücken nach rechts und erst jetzt fiel ihr auf, dass der Weg und die Sträucher von einem rötlichen Schein, der von jenseits der Mauer zu kommen schien, erleuchtet waren. Auch roch sie Rauch. Sie erschrak bis ins Innerste. Von Selim und Yasmin war nichts zu sehen, obwohl sie immer wieder zum Deckel zurück spähte. Was hatte das alles zu bedeuten? Sorgfältig suchte sie mit den Augen die Umgebung ab, konnte aber nichts Verdächtiges entdecken. Kurz entschlossen erklomm sie einen Baum, der schräg zur Mauer wuchs, und riskierte einen Blick auf das Grundstück. Was sie sah, raubte ihr den Atem. Das Haus stand in hellen Flammen. Das Prasseln des Feuers war selbst hier noch deutlich zu hören und übertönte fast das Aufheulen eines Motors. Das Geräusch des anfahrenden Autos entfernte sich, und nun gab es für Manuela kein Halten mehr. Sie sprang vom Baum, lief keuchend den Weg entlang bis zum Hauptportal, dessen linker Flügel nur noch halb in den Scharnieren hing. Rennend, hustend und mit sich überschlagender Stimme rief sie:

„Yasmin, Yasmin, wo bist du?" Dann versagte ihre Stimme und ging in ein lautes Schluchzen über.

Mit hängenden Armen stand sie da, Tränen liefen über ihr Gesicht und sie glaubte, ohnmächtig zu werden. Da fühlte sie plötzlich eine Hand auf ihrer Schulter, die sie sanft rüttelte.

„Hier bin ich, Manuela, wach auf, du hast geträumt" sagte Yasmin. Sie öffnete die Augen und sah Yasmin, die auf ihrer Bettkante saß und sie anlächelte.

„Na, geht's wieder?" fragte sie, und als Manuela mechanisch nickte sagte sie:

„Versuch wieder einzuschlafen, es ist erst halb Fünf."

Carneval is over

Lukas stand vor dem Spiegel und betrachtete sich kritisch. „So ein Blödsinn, auf den ich mich da eingelassen habe!" dachte er, „und dann noch 26 Euro Eintritt, viel zu teuer." Aber Chris hatte ihm gar keine Chance gelassen. Er hatte einfach die Karte auf den Tisch gelegt und ihm gesagt: „Du kommst mit zu dem Fest, schließlich ist Karneval, und da läuft reichlich „Material" herum. Seit das mit Corinna zu Ende ist, warst du kaum noch aus."

Irgendwie hatte Chris schon Recht, aber ein Kostümfest war so ziemlich das Letzte, wozu er Lust hatte. Erst nachdem er die Karte widerstrebend bezahlt und Chris ihm mitgeteilt hatte, dass nicht nur Kostümzwang herrschte sondern auch die besten Verkleidungen prämiert würden, hatte er motzig gefragt: „Ach ja? Und als was soll ich gehen, bitte schön?"

„Bei deinem Vornamen kannst du dich dem Star Wars-Fieber doch prima anschließen."

Ne, danke, als Darth Vader mit all dem Krempel auf dem Kopf würde er nicht gehen.

Nach Büroschluss überlegte er zu Hause, wie er sich aus dem Dilemma würde ziehen können, fand aber keine Lösung. Als Kind hatte er immer davon geträumt, sich als Samurai zu verkleiden. Cowboy oder Indianer wollten alle. Er wäre gerne Samurai gewesen, aber die Kostüme waren zu aufwändig.

Während im Fernsehen die Nachrichten liefen, schweiften seine Gedanken wieder zu dem Kostümfest.

„Wenn schon, dann richtig" murmelte er vor sich hin. Es war noch nicht zu spät, einmal in seinem Leben den Samurai zu geben – und sei es nur für einen Abend. Er schaltete den Fernseher aus, setzte sich an den PC und googelte „Kostümverleih". Prompt fand er mehrere Adressen. Er scrollte durch die Angebote und fand nach längerem Suchen eine passende Ausrüstung, ein Komplettkostüm einschließlich der Katanas, der japanischen Schwerter – natürlich aus biegsamem Kunststoff.

Er sandte eine Mail an den Verleih und teilte mit, dass man das Kostüm für ihn reservieren möge, er werde es am folgenden Tag abholen.

Und nun stand er also vor dem Spiegel und betrachtete sein Äußeres. Die Dame im Verleih hatte ihm geraten, sich im Drogeriemarkt noch ein oder zwei Extensions zu besorgen, was er auch prompt getan hatte. Darauf kam es nun auch nicht mehr an! So war es ihm möglich, den typischen Knoten auf dem Hinterkopf zu formen, was einige Zeit in Anspruch nahm. Wenn er jetzt noch die ebenfalls im Drogeriemarkt erstandene Karnevalsschminke auftrug und die Augen schwarz umrahmte, sah er – so fand er – sehr echt aus. Wehe, er bekäme keinen Preis! Bei all dem Aufwand und den Kosten musste schon irgendetwas herausspringen.

Um kurz vor 19.00 Uhr reihte er sich in die Schlange ein, die vor dem Ballsaal wartete. Er suchte mit Blicken nach Chris, konnte ihn aber nirgendwo entdecken. Egal, sie würden sich schon finden. Der Abend war ja noch lang.

Nachdem er seine Karte vorgezeigt und einen entsprechenden Stempel auf die Hand bekommen hatte, betrat er das Foyer. Aufmerksam sich umsehend, ging er von Raum zu Raum. In der ersten Etage befand sich der Saal, wo die sogenannte Prunksitzung stattfinden würde, die aber interessierte ihn herzlich wenig. Im Erdgeschoss befanden sich zwei Räume mit jeweils einer Tanzfläche, in denen auch Speisen serviert wurden, und im Keller hatte man mit Nischen und Sitzecken – nur sehr mangelhaft beleuchtet – einen Raum geschaffen, in dem man sich näher kommen konnte. Dazu gab es eine schier endlos lange Theke an der Seitenwand.

Lukas beschloss, erst einmal ein Bier zu trinken. Er entfernte sich mit dem Glas in der Hand zu einem Nebenraum, in dem geraucht werden durfte, als ihm Chris entgegenkam. Er ging an ihm vorbei und nahm keinerlei Notiz von ihm. Schon wollte Lukas ihn ansprechen, da dachte er, dass es ganz lustig sein würde, noch ein wenig anonym zu bleiben. Chris würde er zur gegebenen Zeit schon wiederfinden, auch wenn er einer der 10.000 Männer war, die sich als Jack Sparrow verkleidet hatten.

Als er sein zweites Bier in der Hand hielt, kam eine Gruppe junger Frauen in den Raum, die sich lärmend an der Theke breit machte. Vermutlich hatten sie schon ein paar „Vorglüher" zu Hause genommen. Eine aus der Gruppe, ein üppiges Mädchen als Cheerleader verkleidet, drängte sich an ihn und sagte:

„Na, Süßer, wie steht's"

„Bestens."

Ungeniert griff sie in seinen Schritt und meinte: „Noch nicht, aber vielleicht wird's ja noch was", und dabei lachte sie laut und ordinär. Er beschloss, den Rückzug anzutreten. Für eine solche Konversation brauchte er noch mindestens zwei Liter Bier mehr. Er drehte sich abrupt um, ging ein paar Schritte, sah sich noch einmal nach dem lärmenden Frauenpulk um und lief direkt in sie hinein. Um nicht umzufallen, hielt sie sich an ihm fest. Er stützte sie mit beiden Händen und stellte fest, dass sie mindestens einen Kopf kleiner war als er, dazu war sie sehr schlank, und – es war der Clou bei der Sache – sie war als Geisha verkleidet. Eine bunte Yukata, bedruckt mit exotischen Blumen, dazu der rote Obi, die schwarzen Haare hochgesteckt, das Gesicht sehr hell geschminkt mit schwarz umrahmten Augen, ein kleiner roter Kirschmund, so stand sie vor ihm und lächelte schüchtern. Dann sagte sie mit leiser Stimme, indem sie die zusammengelegten Hände vor das Gesicht hielt und den Kopf beugte: „Gomen nasai, es war meine Schuld."

Er antwortete nicht, denn er bekam keine Luft in diesem Moment. Er konnte sie nur anstarren und versuchte ein Lächeln. Erst als sie weitergehen wollte, fand er seine Stimme wieder.

„Nein, nicht" krächzte er, „ich war unachtsam. Es tut mir Leid. Bitte gehen Sie nicht."

Sie sah ihn an und blieb stehen.

„Kommen Sie", sagte er „lassen Sie uns etwas zusammen trinken." Zum Zeichen des Einverständnisses senkte sie wieder leicht den Kopf.

Hier wollte er aber nicht bleiben. Also nahm er vorsichtig – so als sei sie zerbrechlich – ihren Arm und führte sie die Treppe hinauf in einen der Säle und dort an einen freien Tisch.

„Ich heiße Lukas" sagte er. „Was möchten Sie trinken. Und sollen wir nicht „du" sagen?"

Sie entgegnete ernst: „Mein Name ist Sakura. Das bedeutet Kirschblüte. Und du" fuhr sie fort

„bist Takeo, was so viel wie Held bedeutet."

„Einverstanden" sagte er „und was trinken wir?"

„Ich hätte gern Kirschsaft" sagte sie. Er sah sich suchend nach einem Kellner um. Schließlich kam eine weibliche Bedienung in einem Dirndl an den Tisch, und er gab die Bestellung auf. Für sich orderte er noch ein Bier.

Der Saal füllte sich langsam, während Lukas und das Japanische Mädchen sich unterhielten. Sie wehrte alle Versuche seinerseits, etwas über ihre Identität zu erfahren ab. Konsequent tat sie so, als seien sie das, was ihre Kostüme darstellten. Irgendwann ging er auf das Spiel ein. Sie erzählte, dass sie in einem Teehaus arbeite, die Laute, genannt Shamisen, spielen könne und natürlich die Teezeremonie beherrsche.

Lukas war froh, dass er vor Jahren den Film „Shogun" gesehen hatte und somit über ein Pseudowissen bezüglich seines Samurai-Standes verfügte. Wo er nicht weiter wusste, half sie diskret. Mit jedem Wort das sie sprach, fand er sie liebreizender. Dieser Abend war ein Anfang, er würde nicht irgendwann enden. Dieses Mädchen wollte er wiedersehen, auch wenn sie ohne die Maskerade vielleicht nicht mehr so wunderschön war. Vermutlich waren die Haare nicht echt, dachte er sich, aber das spielte keine Rolle, selbst wenn sie blond oder rothaarig wäre, würde ihn das nicht abhalten, sie wiedersehen zu wollen. Er hatte sich verliebt.

Es war schon kurz nach zehn Uhr an diesem Abend, als Chris mit einer „Spanierin" im Arm am Tisch vorbeiging. Lukas sprach ihn an, und Chris benötigte einige Augenblicke, bis er ihn erkannte. Er starrte erst ihn und dann das Mädchen an und meinte mit ehrlicher Hochachtung in der Stimme: „Donnerknispel, hast du ein geiles Kostüm. Hätte ich dir gar nicht zugetraut. Um Mitternacht ist Preisverleihung. Hast du dich schon eingetragen?" Lukas schüttelte den Kopf.

„Warte mal nen Moment" sagte Chris und verschwand. Die Spanierin ließ er am Tisch zurück mit den Worten „Pass auf sie auf, damit sie nicht wegläuft." Kurze Zeit später kam er mit zwei Karten zurück.

„Die müsst ihr ausfüllen und in der Mitte durchreißen. Eine Hälfte behaltet ihr, die andere gebt ihr dem DJ oder einer Kellnerin. Pünktlich um Mitternacht geht es im anderen Saal los." Er griff nach seiner Dame und verschwand mit einem „bis später" auf der Tanzfläche.

„Sollen wir auch tanzen?" fragte Lukas Sakura. Er wollte sie näher bei sich haben, sie fühlen. Nach kurzem Zögern sagte sie: „Nur wenn etwas Langsames gespielt wird. Schnelle Tänze kann ich mit diesem Kostüm nicht tanzen." Das war ihm nur Recht. Und als der DJ in die Oldiekiste griff und einen Schmusesong auflegte, zog er Sakura mit sich auf die Tanzfläche. Eng umschlungen tanzten sie und Lukas küsste sie vorsichtig aufs Ohr. Als keine Gegenwehr erfolgte, wurde er mutiger und küsste erst ihre Schläfe und schließlich ihren Mund. Er zog sie fester an sich, doch die Kostüme machten es unmöglich, den Körper des jeweils anderen zu fühlen. Egal. Sie in den Armen zu halten war auch so prima. Also küsste er sie wieder bis der Tanz zu Ende war.

Sie gingen wieder an den Tisch, und Lukas begann mit dem Ausfüllen der Karte. Auch Sakura schrieb etwas, lesen konnte er es nicht, da sie sich so drehte, dass ihr Körper die Karte verdeckte. Na ja, um Mitternacht, wenn der DJ die Namen – sowohl die ausgedachten wie die echten –aufrief, würde er ja wissen, wie sie hieß.

Nach etlichen Tänzen, die durchsetzt waren von Küssen, verabschiedete sie sich mit einer Kopfbewegung zu den Waschräumen.

„Beeil dich" sagte Lukas, „in wenigen Minuten geht die Preisverleihung los". Sie nickte anmutig mit dem Kopf und verschwand.

Etwa 70 Personen hatten sich bereits vor der Bühne versammelt, als der DJ in die Kiste mit den Karten griff und Namen nach Namen vorlas. Etliche der Aufgerufenen stellten sich auf der Bühne auf, andere, die ihre Kostüme mit denen der Umstehenden verglichen und für nicht gut genug erachteten, blieben vor der Bühne stehen.

„Takeo, Lukas" sagte der DJ und Lukas begab sich auf die Bühne. Bisher war kein anderer Samurai aufgetaucht, und sein Kostüm konnte mit den anderen auf jeden Fall mithalten. „Sakura" rief der DJ und Lukas sah angespannt in die Richtung, in der die Waschräume lagen. Von ihr fehlte jede Spur. Wo war sie nur? Hatte sie jemanden getroffen und sich festgequatscht? Wollte sie am Ende nicht mit auf die Bühne und schaute dem Spaß aus der Ferne zu? Er entdeckte Chris in der Menge und winkte ihn zu sich.

„Hast du meine kleine Freundin gesehen?" fragte er, aber Chris verneinte.

„Lass doch mal deine Freundin im Waschraum nachsehen" bat er, aber die Spanierin wartete auf ihren Aufruf und wollte diesen nicht verpassen.

„Beruhige dich" sagte Chris „sie kommt bestimmt gleich."

Inzwischen waren alle Namen verlesen und etwa 30 Personen bevölkerten die Bühne. Jetzt ging es zur Vorauswahl. Übrig bleiben noch zehn Kostüme, Lukas war unter ihnen. Er starrte durch den Saal auf den Eingang und bekam die Wertungen gar nicht mit. Irgendwann drückte ihm jemand eine Magnum-Flasche Sekt in die Hand und überreichte ihm eine Urkunde, die auswies, dass er den 3. Platz belegte. Sobald das Spektakel zu Ende war, stellte er die Flasche auf den Tisch und lief zu den Waschräumen. Er musterte jede Person auf dem Weg, doch keine Sakura. Im Vorraum ebenfalls nichts. Dann bat er eine ältliche Dame, die als Haremsfrau verkleidet war, in der Damentoilette nach einer jungen Frau im Kimono zu sehen. Kurz darauf kam die Frau wieder und sagte ihm, dass niemand in einem Kimono im Waschraum sei. Vor Bestürzung vergas er, sich zu bedanken und lief wieder in den Saal und dort schnurstracks auf den DJ zu.

„Was passiert mit den Karten?" fragte er und der DJ zuckte mit den Schultern und sagte: „Die werden weg geworfen."

„Kann ich die Karte meiner Freundin als Andenken haben?" fragte Lukas. Er musste unbedingt den richtigen Namen in Erfahrung bringen, koste es, was es wolle. Der DJ schob ihm mit dem Fuß die Kiste zu. „Bedien dich" sagte er, „wie heißt denn deine Freundin?"

„Sakura".

„Stimmt, ich erinnere mich, eine solche Karte gesehen zu haben." Dann wandte er sich wieder seinem Player zu. Er sprach ins Mikrofon „Hört mal alle her, hier wird ein Mädchen gesucht. Sie heißt Sakura. Bitte beim DJ melden, dringend!" Er grinste Lukas an: „Ist es so recht?" Lukas nickte und bestellte dem DJ bei der vorbei eilenden Kellnerin im Dirndl ein Bier. Dann kramte er in der Kiste.

Da, es war die Karte, die er suchte. Er las und sein Gesicht versteinerte. „Sakura" stand dort geschrieben und dahinter „Carneval is over".

Er ließ die Karte wieder in die Kiste fallen und verschwand in der Menge, die sich zum Ausgang schob. Wenige Augenblicke später war auch die Magnum-Flasche vom Tisch verschwunden.

Axel steckte den Schlüssel ins Schloss der Wohnungstür, die in diesem Moment von innen geöffnet wurde.

„Und, wie war's" fragte seine Schwester Karla.

„Prima, große Klasse."

„Und warum bist du dann jetzt schon zu Hause?"

„Wenn ich länger geblieben wäre, hätte es problematisch werden können. Ein Hetero hat sich in mich verliebt. Hätte er irgendwann entdeckt, dass ich kein Mädchen bin, weiß ich nicht, wie er reagiert haben würde. Hilfst du mir, den Gürtel abzulegen?"

Während Karla ihrem Bruder beim Entkleiden half, erzählte er, was er am Abend erlebt hatte.

„Schade, eigentlich, dass ich zur Preisverleihung nicht bleiben konnte, ich hätte bestimmt einen Preis bekommen. So ein Super-Outfit hatte niemand."

„Du bist die hübscheste Japanerin, die ich je gesehen habe" scherzte Karla.

„Tja, ist schon ein echter Vorteil, wenn man eine Maskenbildnerin zur Schwester hat" lachte Axel und küsste Karla auf die Wange. „Lass uns noch ein Glas Kirschsaft trinken, während du mich abschminkst", bat er. Dann verschwanden die Geschwister in der Küche.

Eine Freundschaft

Ich besuchte die 3. Klasse, als sie in unsere Schule kam. Sie hörte auf den Namen Sanchari und war ganz anders, als die anderen Kinder in der Klasse. Krauses schwarzes Haar umgab ihren Kopf, die Haut im Gesicht war braun und die Augen von einem samtenen Schwarz. Unsere Lehrerin sagte uns, sie käme für einige Wochen zu uns, dann würden ihre Eltern weiterziehen.

Sie saß in der ersten Reihe, und der Platz neben ihr blieb frei. Die Lehrerin fragte sie, wo sie zuletzt zur Schule gegangen sei, und Sanchari übergab ihr schweigend ein Heft, in dem die Schulen, die sie bisher besucht hatte, aufgeführt waren. Vermutlich standen darin auch Beurteilungen, denn Frau Meinel, die Lehrerin, sagte:

„Du musst Lesen und Rechtschreiben üben, deine Leistungen darin sind ungenügend." Sanchari sah sie an und nickte dazu.

Wir begannen mit Kopfrechnen. Es stellte sich heraus, dass Sanchari sich darin mit dem besten Jungen aus der Klasse messen konnte, ja nach der fünften oder sechsten Aufgabe, war sie sogar noch schneller als er, was ihr einen bösen Blick von ihm eintrug.

Der darauf folgende Heimatkundeunterricht war eher ein Monolog von Frau Meinel. Wir hatten zuzuhören und uns alle Details zu merken. Die letzte Stunde war dem Sport vorbehalten. Wie immer, begannen wir mit dem beliebten Völkerball. Und da zeigte sich das wahre Talent von Sanchari. Sie war einfach zu schnell. Niemand schaffte es, sie mit dem Ball zu treffen. Das verletzte die Ehre von Hans-Jürgen ganz gewaltig, der sonst immer als Sieger aus diesem Spiel hervorging. Zum Schluss kamen die Übungen am Reck, und auch dort hatte Sanchari keinerlei Schwierigkeiten, mit den besten Turnern der Klasse mitzuhalten.

Als der Unterricht beendet war, packte sie ihre Sachen in ein großes Tuch, verknotete es und warf es sich über die Schulter. Sie eilte davon, in Richtung Gemeindewiese, wo die Wagen der Wanderzirkustruppe standen, zu der sie gehörte. Dort, wo der Weg von der Hauptstraße abbog, standen Hans-Jürgen, Wolfgang und Andi und verstellten ihr den Weg.

„Lasst mich durch" sagte Sanchari, „ich muss nach Hause." Aber anstatt den Weg freizugeben, griff Andi nach ihren Haaren und zog daran, während Hans-Jürgen den fremden Akzent, mit dem Sanchari sprach, nachäffte. Sie machte sich frei und blitzte die Jungen an.

„Geht mir aus dem Weg" sagte sie noch einmal, aber als Antwort boxte Wolfgang sie in den Magen. Sie wehrte den nächsten Schlag ab und ging auf Wolfgang los, aber Hans-Jürgen hielt sie von hinten fest. Ich hatte sie fast erreicht, als Wolfang sie wieder boxte. Üblicherweise ging ich Streitigkeiten aus dem Weg, weil ich erstens nicht besonders mutig und zweitens nicht besonders groß war. Ich gehörte zu den Kleinsten in der Klasse. Was ich aber hier beobachten musste machte mich wütend Ehe ich noch Zeit fand nachzudenken, ob ich ein paar schmerzhafte Schläge würde einstecken müssen, wenn ich mich einmischte, hatte ich schon den Ranzen vom Rücken gerissen, meinen Stiftekasten aus Holz hervorgeholt und begonnen, damit auf Hans-Jürgen einzudreschen. Als Andi sich mir näherte, trat ich nach ihm und traf ihn oberhalb des Knies, was ihm einen Schmerzensschrei entlockte. Jetzt drehte auch Sanchari auf und trat und schlug um sich. Dabei schrie sie aus Leibeskräften. Nicht lange, und von der Dorfwiese her näherten sich schnelle Schritte. Die drei Jungen ließen von uns ab und suchten ihr Heil in der Flucht. Wir ordneten unsere Kleidung und ich steckte meinen Griffelkasten wieder in die Tasche.

„Danke für deine Hilfe" sagte Sanchari und streckte mir ihre Hand entgegen, gerade als zwei junge Männer bei uns eintrafen.

„Das sind Tulo und Jaki, meine Cousins" sagte Sanchari und erklärte den beiden Männern, was geschehen war. Auch Tulo bedankte sich für meine Hilfe und riet dann seiner Cousine, zum Wohnwagen zu eilen, da sie sich um das Essen kümmern müsse.

„Komm doch heute Nachmittag zu uns" sagte Sanchari. „Wenn wir gegessen haben und das Geschirr gespült ist, habe ich Zeit."

„Musst du nicht deine Hausaufgaben machen?" fragte ich.

„Doch, später" antwortete sie. „Also kommst du?" Ich nickte und trennte mich von der Gruppe mit einem Winken.

Da meine Mutter bis zum Abend arbeiten musste und nur meine Oma im Haus war, sagte ich ihr, ich sei mit Ingrid verabredet. Das kam hin und wieder vor und erregte keinen Verdacht. Schnell erledigte ich meine Hausaufgaben, und dann ging ich los, voll Neugier, wie es in einem „Zigeunerlager" – so nannten die Leute im Dorf den Platz, auf dem der Wanderzirkus stand – aussehen würde.

Sanchari erwartete mich schon. Wir liefen bis zum Waldrand, wo wir uns auf einen umgestürzten Baum setzten und erst einmal ausgiebig musterten.

„Du hast so schöne helle Haut" sagte Sanchari.

„Ich wäre lieber so braun wie du" entgegnete ich.

„Und deine Haar sind so fein wie Seide und glänzen wie Gold."

„Deine sind viel schöner."

„Warst du schon einmal im Zirkus?"

„Nein, noch nie."

„Dann komm doch am Sonntag und sieh dir die Vorstellung an."

„Ich weiß nicht, ob meine Mutter das erlaubt."

„Wieso denn nicht?"

Die Frage brachte mich in Verlegenheit. „Na ja, allein lässt sie mich sicher nicht gehen, und ich weiß nicht, ob sie mitkommen will."

„Hast du ihr nicht gesagt, dass du jetzt bei mir bist?"

„Nein, sie ist noch nicht zu Hause. Sie muss bis fünf Uhr arbeiten."

„Und dein Vater?"

„Hab ich nicht" sagte sich kleinlaut. „Er hat uns verlassen, als ich noch klein war."

Sanchari schwieg einen Moment. Dann sagte sie: „Ich habe keine Mutter mehr, deswegen muss ich für meine kleine Schwester und meinen Vater kochen, wenn ich aus der Schule komme."

„Hat deine Mutter euch verlassen?"

„Nein, sie ist gestorben."

„Ach so". Mehr wusste ich darauf nicht zu sagen. Ich stellte mir vor, keine Mutter mehr zu haben und stand kurz davor, in Tränen auszubrechen.

Sanchari fuhr fort. „Ich habe dafür eine Menge Tanten und Onkels, Cousins und Cousinen. Wir sind eine große Familie."

„Und fahrt ihr immer von einem Ort zum andern?"

„Na ja, im Winter haben wir ein festes Quartier. Die Männer ziehen dann los und schleifen Scheren und Messer oder verkaufen die Körbe, die die Frauen flechten. Und sobald Eis und Schnee geschmolzen sind, fahren wir los und suchen uns Dörfer, wo wir mit dem Zirkus auftreten können."

Wir unterhielten uns noch eine kleine Weile, dann sagte Sanchari, sie müsse zum Proben zurück ins Lager.

„Was probst du denn?" wollte ich wissen und sie sagte, dass sie eine Nummer mit Ponys und eine Nummer auf dem Hochseil habe. Mir blieb vor Staunen der Mund offen stehen. Sie aber stand auf und sagte: „Frag deine Mutter wegen Sonntag, ja? Wir sehen uns morgen in der Schule."

Abends erzählte ich, dass ich Sanchari zufällig getroffen hätte und fragte, ob wir uns am Sonntag die Vorstellung ansehen könnten. Meine Mutter war nicht besonders begeistert, aber meine Oma meinte, ein wenig Abwechslung könne uns nur guttun, und so betrat ich am Sonntag zum ersten Mal in meinem Leben einen Zirkus. Ich war kolossal aufgeregt und bewunderte den Dompteur, der sich mit wilden Tieren in einem Käfig einschließen ließ und es fertigbrachte, dass Löwen durch einen Reifen sprangen, der zudem noch brannte. Die Clowns brachten mich zum Lachen, und die Akrobaten, die von einer Seite zur anderen unter der Zirkuskuppel auf einem Seil balancierten, bewunderte ich von ganzem Herzen. Als Sanchari mit den Ponys auftrat, und auf deren Rücken stehend durch die Manege jagte, teilte ich meiner Mutter aufgeregt mit, dass dies meine Mitschülerin auf Zeit sei. Eine halbe Stunde später, als Sanchari an den Händen eines Mannes, der die Beine um ein Trapez geschlungen hatte, unter der Zirkuskuppel hin und her schwang, war ich schlichtweg sprachlos. Nach einem weiteren Schwung warf der Mann sie zu seinem Partner, der auf der anderen Seite an einem Trapez hin und her schwang, und dieser fing sie an den Füßen auf, so dass sie kopfüber unter ihm hing. Einige Zeit lang warfen sich die beiden Männer Sanchari zu, bis sie schließlich an der Trapezstange nach oben kletterte und von einem weiteren Mann auf die Plattfort gezogen wurde. Für diese Nummer ernteten sie richtig viel Beifall und ich klatschte, bis mir die Hände wehtaten.

Nach der Vorstellung gingen wir zu den Käfigen mit den Löwen und zu der Wiese, auf der die Pferde standen. Hier trafen wir Sanchari, die ihr Kostüm ausgezogen hatte und nun in einer bunt gemusterten Hose und ebensolchen Bluse auf mich zukam. In ihrer Begleitung befand sich eine ältere Frau, die sie als Tante vorstellte. Sanchari fragte meine Mutter, ob ich sie ab und zu besuchen dürfe, und die Tante nickte bekräftigend.

Widerstrebend erlaubte meine Mutter, dass wir uns in den folgenden Wochen auch außerhalb der Schule sehen konnten. In der Klasse war Sanchari jetzt der Star, nachdem sie mit ihrer Trapeznummer die meisten Mitschülerinnen und Mitschüler schwer beeindruckt hatte. Hans-Jürgen, Wolfgang und Andi hielten sich vorsichtshalber von ihr fern.

Es wurde Mai. Ich beschloss, meine Oma und meine Mutter zu fragen, ob ich Sanchari zu meinem Geburtstag einladen dürfe und traf erstaunlicherweise auf keinerlei Widerstand. Also lud ich sie ein, mich am Nachmittag meines Geburtstages zu besuchen. Ich schwärmte ihr von den Backkünsten meiner Großmutter vor und war mir sicher, sie würde zusagen. Jedoch zog sie ein trauriges Gesicht und sagte:

„An deinem Geburtstag sind wir schon nicht mehr hier. Nächste Woche brechen wir auf. Wir fahren nach Frankreich, nach Saintes Maries de la Mer. Dort findet alljährlich eine Prozession zu Ehren der heiligen Sara statt. Wir tragen die Statue der schwarzen Sara ins Meer. Es gibt ein großes Fest und wir treffen dort jedes Jahr auch Freunde und Verwandte aus anderen Ländern."

Als sie meine Enttäuschung sah, versprach sie, mich am Tag vor der Abreise zu besuchen.

Und dann war es soweit, der letzte Schultag in unserer Klasse war für Sanchari angebrochen. Nach dem Unterricht ging sie wie gewohnt zu ihrem Wagen, kam aber wenig später zu mir nach Hause. Sie sagte: „Wenn du irgendwo auf dieser Welt Zirkuswagen siehst, achte auf einen grün-blauen Wagen mit einem roten Schornstein, auf dem ein kleiner bunter Vogel sitzt. Das ist unser Familienzeichen. Ich weiß nicht, ob wir noch einmal hier in dein Dorf kommen, aber am 25.Mai eines jeden Jahres sind wir in Saintes Maries de la Mer. Vielleicht sehen wir uns eines Tages dort oder an einem anderen Ort wieder. Sie umarmte mich und griff in ihren Nacken. Dort löste sie den Knoten des Lederbandes, das sie immer um den Hals trug. An dem Band hing ein Amulett. Sie drückte es mir in die Hand und sagte: „Es bringt dir Glück und beschützt dich vor allem Bösen."

Ich öffnete die Kette mit meinem Sternzeichen und reichte sie ihr. „Und die soll dich immer an mich erinnern." Noch einmal umarmten wir uns, und dann drehte sich Sanchari um und lief zurück zu ihrem Lager.

Viele Jahre später – ich war mittlerweile erwachsen – fuhr ich ein paar Tage vor meinem Geburtstag nach Saintes Maries de la Mer. Ich sah in die Gesichter der Frauen, suchte nach einem Wagen mit einem kleinen bunten Vogel auf dem Kamin, fragte nach Sanchari und ihrer Familie, aber niemand schien sie zu kennen. Und so bleibt mir bis heute nur die Erinnerung an ein kleines Roma-Mädchen, das für ein paar Wochen meine Freundin war.

Die Einladung

Durch die Tür des Restaurants trat eine Dame, deren exotisches Äußeres nicht über ihr Alter hinwegtäuschen konnte. Den Kellner, der sie mit einem professionell freundlichen Lächeln begrüßte und nach ihren Wünschen fragte, fertigte sie kurz mit den Worten: „Ich werde erwartet, ein Tisch auf den Namen Pasado ist reserviert" ab. Der Kellner nickte und geleitete sie zu einem Tisch, an dem bereits eine Dame saß.

„Habe ich die Einladung Ihnen zu verdanken?" fragte die zuletzt Angekommene die Dame am Tisch. „Mein Name ist Cornelia Lempe. Ich bin Schriftstellerin. Mein Pseudonym ist Cora Tempel. Sicher haben sie von mir gehört?"

Die Dame am Tisch reichte ihr die Hand und sagte: „Gisela Unger. Sehr erfreut". Auf die Frage ging sie nicht ein. „Die Einladung habe nicht ich ausgesprochen. Man hat mich gebeten, heute hier zum Lunch zu erscheinen. Wer unsere Gastgeberin oder unser Gastgeber ist, kann ich Ihnen auch nicht sagen."

Cornelia zog eine Augenbraue hoch. „Sehr mysteriös" murmelte sie, bevor sie sich auf dem Stuhl niederließ, den der Kellner für sie zurechtgerückt hatte. Ehe sie sich noch an ihn wenden konnte, hatte er den Tisch verlassen und eilte zur Tür, durch die gerade eine weitere Dame getreten war.

Währenddessen musterte Cornelia ihr Gegenüber. Mitte der Sechzig, schätzte sie. Businesskostüm, Farbe dunkelblau, Haare getönt, konstatierte sie im Geiste. Sehr schlank und vermutlich einen halben Kopf größer als sie selbst.

Auch Gisela betrachtete zwar diskret jedoch eingehend die Schriftstellerin. Üppig, jedoch nicht dick, schmaler langer Rock, darüber eine lange weite Bluse im Escada-Design, sehr hohe Schuhe im Gelb der Bluse, passende Handtasche, großer schwarzer Hut, unter dem fransige schwarze Haare hervorquollen.

An diesem Punkt der Betrachtung wurde sie vom Kellner unterbrochen, der eine dritte Dame an den Tisch geleitete. Sie hatte die besten Jahre bereits hinter sich, war übergewichtig und trug zu einem grauen Rock einen kupferfarbenen Blazer, dazu schwarze Schuhe mit Blockabsatz und eine schwarze Handtasche, die an einigen Stellen bereits abgeschabt war.

„So, hier bin ich" sagte sie „und jetzt wüsste ich gerne, was es mit der Einladung auf sich hat." Als sie keine Antwort erhielt fügte sie hinzu: „Ach ja, ich bin Regina Witt." Sie setzte sich und hängte ihre Tasche über die Stuhllehne.

Der Kellner, der sich geräuschlos entfernt hatte, kam wieder mit einem Tablett, auf dem sich drei Gläser befanden.

„Frau Lempe?" fragte er, und als Cornelia nickte, stellte er vor sie ein Glas mit Campari Orange auf den Tisch. „Frau Witt?" und als diese die Hand hob, servierte er ihr Cinzano weiß mit einer Zitronenscheibe. Das dritte Gefäß, ein Sherry-Glas, reichte er Gisela Unger. Dann verschwand er diskret. Die drei Frauen sahen erst die Gläser, dann einander an. Cornelia begann: „Woher weiß er denn...." Sie ließ den Satz unvollendet, denn auch die anderen Frauen stellten ähnliche Fragen.

Cornelia sagte: „Wir fragen ihn, sobald er sich wieder sehen lässt" und nippte an ihrem Getränk.

Gisela sah in die Runde und bemerkte: „Wenn mich nicht alles täuscht, wissen auch Sie nicht, wer uns eingeladen hat und warum wir hier sind, richtig?" Ein Nicken der anderen Beiden bestätigte die Richtigkeit ihrer Annahme.

Regina sagte zögernd: „Ich erhielt vor zwei Monaten einen Brief und ein Bahnticket mit der Bitte, mich heute zur Mittagszeit hier einzufinden. Den Brief hatte eine Anwaltskanzlei geschrieben, und er klang nett. Es ginge um ein Wiedersehen mit einer Person aus Jugendtagen. Ein Tisch auf den Namen Pasado sei reserviert. Das Ganze würde nicht viel Zeit in Anspruch nehmen, so dass ich am Abend wieder zu Hause wäre. Ich wollte erst nicht fahren, aber dann war ich neugierig und dachte mir, ‚was soll am helllichten Tag in einem guten Restaurant schon groß passieren?' Also bin ich hierher gefahren."

Cornelia, die inzwischen ihr Handy aus der Handtasche gezogen und neben sich auf den Tisch gelegt hatte, nickte zu den Worten Reginas. „War bei mir ebenso. Und da meine Lektorin in dieser Stadt wohnt, habe ich mir gedacht, ich schlage zwei Fliegen mit einer Klappe."

Die beiden Frauen sahen zu Gisela. Diese nahm einen kleinen Schluck aus ihrem Glas und ergänzte: „Ich habe nur die Einladung erhalten, denn ich wohne nur wenige Kilometer von hier. Für mich ist es also noch nicht einmal ein zeitlicher Aufwand, und neugierig bin ich natürlich auch, wem wir dieses Treffen verdanken.

Der Kellner trat an den Tisch und verteilte Menü-Karten. „Sagen Sie" sprach ihn Cornelia an „wer hat ihnen den Auftrag gegeben, uns die Aperitifs zu servieren?"

„Der Auftrag kam per E-Mail, genau wie die Tischreservierung."

„Aha, und von wem?"

„Von einer Anwaltskanzlei aus dem Ruhrgebiet. Übrigens, was immer sie wählen, es ist bereits bezahlt" fügte er hinzu, bevor er sich wieder zurückzog.

Gisela zog eine kleine Grimasse. „Ich glaube" sagte sie, „wir sollten herausfinden, wo das Verbindungsglied zwischen uns ist. Ich für meine Person bin mir sicher, Sie beide noch nie vorher gesehen zu haben." Allgemeines Nicken verriet ihr die Zustimmung der Frauen. „Was halten Sie davon" fuhr sie fort „wenn wir uns unsere Lebensläufe in Kurzform erzählen? Vielleicht kommen wir auf diese Weise dahinter, wo in der Vergangenheit Gemeinsamkeiten existiert haben könnten."

Cornelia ergriff das Wort: „Gute Idee, dann fange ich gleich einmal an: Ich bin in Bad Godesberg geboren und zur Schule gegangen, habe nach dem Abi in Bonn Literatur studiert. Anschließend habe ich bei einem Kölner Verlag gearbeitet, bis ich angefangen habe, selber zu schreiben. Heute wohne ich in Mayen."

Regina sagte zögerlich: „Ich bin in Dortmund aufgewachsen und zur Schule gegangen. Nach der Realschule habe ich eine Ausbildung zur Krankenschwester gemacht, auch in Dortmund. Dort habe ich gearbeitet, bis ich meinen Mann kennenlernte und die Kinder kamen. Vor sechs

Jahren sind wir nach Münster gezogen, und dort wohne ich immer noch."

Gisela beendete die Vorstellungsrunde mit den Worten: „Geboren bin ich in Köln, während der Schulzeit sind meine Eltern nach Düsseldorf gezogen, ich habe bis zum Abitur aber bei meiner Großmutter in Köln gewohnt. Danach bin ich ihnen nach Düsseldorf gefolgt, habe in einer großen Wohnungsverwaltung gearbeitet und mich später als Immobilienmaklerin selbständig gemacht. Nach mehreren Umzügen habe ich mir Eigentum in Benrath zugelegt." Sie machte eine kurze Pause und fuhr dann fort: „ Da unsere Lebensläufe keinen Aufschluss geben, sollten wir vielleicht erst einmal einen Blick in die Speisekarte werfen und beim Essen einen weiteren Klärungsversuch starten."

Alle drei senkten die Köpfe über die Karten, und als der Kellner kam, gaben sie ihre Bestellungen auf.

Regina ergriff wieder das Wort: „Vielleicht gibt es eine Verbindung über gemeinsame Freundinnen oder Freunde?"

Cornelia nickte zustimmend: „Oder über Ehemänner, Partner, Lebensgefährten oder dergleichen."

Sie begannen mit den besten Freundinnen, dann mit Freundinnen aus der Ausbildung, schließlich mit denen aus der Schulzeit, jedoch war kein Name dabei, den noch eine der anderen Frauen kannte.

Gisela lächelte als sie sagte: „Dann sind jetzt wohl die Herren der Schöpfung an der Reihe".

Cornelia fragte: „Wer fängt an?"

„Immer die, die fragt" sagte Regina und Gisela nickte zustimmend.

„Na denn" sagte Cornelia, „schauen wir mal, wer mir da noch so einfällt. Also während der Schulzeit war ich in einen Rainer unheimlich verliebt, aber das zählt vermutlich nicht, denn mehr als Händchen halten auf dem Nachhauseweg war da nicht. Während der Studienzeit habe ich meine erste Liebe kennengelernt, er hieß ...irgendwas mit U, Udo, glaube ich. Hach, das ist schon so lange her. Im Verlag habe ich dann Mario kennengelernt, Halbitaliener. Wir waren zwölf Jahre verheiratet, dann hat er mich gegen ein jüngeres Modell eingetauscht." Cornelias Stimme war frei von Bitterkeit als sie fortfuhr: „Es folgten ein paar Affären, nichts von Bedeutung. Holger, 20 Jahre älter als ich, wurde später mein zweiter Ehemann. Er starb vor neun Jahren. Seit ein paar Jahren lebe ich mehr oder weniger mit einem Journalisten zusammen. Sein Name ist Oliver. Kommt euch irgendjemand bekannt vor?" Von dem förmlichen „Sie" war Cornelia zum „euch" übergegangen.

Regina schüttelte den Kopf. „Bis auf eine Namensähnlichkeit. Während meiner Ausbildung hatte ich einen festen Freund, der Uwe hieß. Wir waren fast zwei Jahre zusammen. Dann, bei der ersten Equitana in der Westfalenhalle, lernte ich meinen späteren Mann kennen. Mit dem bin ich immer noch verheiratet und der heißt Hermann-Josef."

Gisela ergriff nun das Wort: „Ohne ins Detail zu gehen kreuzten Männer mit folgenden Namen meinen Lebensweg: „Daniel, Andrzej, Uwe, Karl-Heinz, Günter und

Gerhard. Mit dem vorletzten war und mit dem letzten bin ich verheiratet."

Das Essen wurde serviert und zwischen zwei Gabeln Salat sagte Cornelia: „Wenn ich es recht überlege, hieß mein Freund aus Studienzeiten auch Uwe und nicht Udo."

Wie auf Kommando ließen alle drei die Gabeln sinken.

„Das ist ja ein Ding" sagte Regina. „Wie sah denn euer Uwe aus?"

Cornelia überlegte: „Groß, blond, schlank, blau-grüne Augen, glaub ich."

„Nein", sagte Gisela „groß stimmt, aber die Haare waren mehr braun als blond und die Augen waren grau."

Regina nickte: „Grau-blaue Augen, mittelblonde Haare" sagte sie bestimmt. „Er war ganz reizend. Ein echter Schatz."

Gisela fragte: „Wieso haben Sie ihn dann zugunsten ihres späteren Ehemannes verlassen?"

Regina errötete leicht: „Ich hatte auch ein schlechtes Gewissen, aber als ich Hermann-Josef sah, wusste ich, mit dem will ich alt werden. Außerdem habe ich immer das Gefühl gehabt, dass Uwe mich mehr liebt als ich ihn." Sie verstummte.

Cornelia nickte verständnisvoll: „Falls wir vom gleichen Mann sprechen, kann ich nur bestätigen, was Regina sagt. Ich habe mich von Uwes Liebe auch erdrückt gefühlt, rein emotional, ansonsten war er kein Draufgänger, eher ein bisschen zögerlich. Und so schrecklich wohlerzogen. Hat während des Studiums keine Vorlesung versäumt. Hat nie mit gekifft oder wie wir Nächte lang über die längst fällige Weltrevolution diskutiert. Er war so kontrolliert. Das fand ich dann irgendwann langweilig."

Gisela warf ein: „Dafür hat er seinen Doktor mit 27 Jahren in der Tasche gehabt. Das fand ich schon sehr anerkennenswert."

Cornelia fragte nach: „Wie nachhaltig ist er denn in Ihrem Gedächtnis? Hat er unauslöschliche Spuren hinterlassen?"

Gisela nickte: „Hm, ja, also ich hatte ihn schon sehr gern. Der Grund, weshalb wir uns trennten war der: ich wollte ein oder zwei Kinder haben, und er wollte keine." Sie lachte ein kleines bitteres Lachen. „Wie sich später herausstellte, konnte ich keine Kinder bekommen. Wir hätten also durchaus zusammenbleiben können."

Alle drei schwiegen nun und leerten nacheinander ihre Teller. Als sie beim Dessert angekommen waren, fragte Regina: „Und was machen wir jetzt? Wenn er es ist, der uns hier versammelt hat, warum kommt er nicht dazu? Was genau erwartet er von uns?"

Gisela zuckte mit den Schultern. „Ich habe keine blasse Ahnung" sagte sie, und legte vor Regina und Cornelia je eine ihrer Visitenkarten auf den Tisch. „Falls Sie noch etwas hören, lassen Sie es mich bitte wissen. Ansonsten denke ich, sollten wir das Mittagessen als nette Abwechslung verbuchen und es damit gut sein lassen."

„Ja, das denke ich auch" sagte Regina.

Cornelia lachte: „Vielleicht verwurste ich die Story in meinem neuen Buch. Und, meine Damen, falls Sie Urlaubslektüre, ein Geschenk für eine Freundin oder einen anderen lieben Menschen brauchen: Cora Tempels Bücher finden Sie in jeder Buchhandlung."

Am Nebentisch entstand Bewegung. Der alte Herr, der dort gesessen und die Frankfurter Allgemeine gelesen hatte, erhob sich. Er musterte im Vorübergehen die drei Damen und ging zur Theke, wo er mit dem Kellner ein paar Worte wechselte und etwas auf den Tresen legte.

„Ich werde jetzt auch gehen, dann bekomme ich noch den frühen Zug" sagte Regina. Und mit dem Kopf zu dem alten Mann an der Theke deutend: „Ob der wohl alles mit angehört hat?"

Cornelia spitzte die Lippen: „Ist doch egal, den sehen wir ohnehin nie wieder." Sie griff zum Handy und wählte eine Nummer. Kurz darauf sagte sie ins Telefon: „Cora hier. Ich bin in 20 Minuten bei dir. Brüh schon mal den Kaffee auf." Dann erhob auch sie sich.

Gisela stand als letzte auf. Ihr Wagen parkte vor der Tür und sie überlegte, ob sie noch kurz zu ihrer Lieblingsboutique schlendern sollte, bevor sie wieder ins Büro zurückfuhr. An der Theke fragte sie den Kellner: „Kann ich den Wagen noch eine halbe Stunde hier stehen lassen? Ich habe in der Nähe noch etwas zu erledigen."

„Aber selbstverständlich, kein Problem" entgegnete der junge Mann und drehte sich zur Theke, um ein Tablett mit Getränken entgegen zu nehmen. Sie blickte auf den blank geputzten Tresen und auf die Visitenkarte die dort lag. „Dr. Uwe Hartmann" stand dort. Und darunter „Anwaltskanzlei Hartmann und Sterzer, Essen-Bredeney."

Im Schuhgeschäft

Hella war Schuhverkäuferin. Sie hatte eine Lehre zur Einzelhandelskauffrau absolviert und sich dann bei verschiedenen Geschäften beworben. Nach etlichen Absagen bekam sie vom Schuhgeschäft auf der großen Einkaufsstraße einen Arbeitsvertrag. Anfangs hatte ihr das Verkaufen Freude gemacht, die Beratung der Kunden, der Hinweis auf die neuen Modefarben oder das Einsortieren der neuen Schuhe zu Beginn der jeweiligen Saison. Dann aber hatte der Geschäftsinhaber aus Altersgründen sein Unternehmen an eine Kette verkauft, und nun stand sie an der Kasse, tagein, tagaus, tippte die Warennummern und die Preise in den Computer und nahm das Bargeld entgegen oder die EC-Karte. Kam neue Ware, füllte sie mit zwei Aushilfen die Regale, erstellte die Liste mit den Waren-Nummern und der Anzahl der gelieferten Paare, dekorierte ein wenig und wartete auf den Feierabend.

Ihre Kollegin Britta, schon in den Vierzigern, verrichtete die gleiche Arbeit. Während der Urlaubszeit und an den Freitagnachmittagen und den Samstagen half Ayse aus. Die Frauen sprachen nicht viel miteinander, Britta hatte Sorgen mit ihrem ältesten Sohn, der es auf keiner Arbeitsstelle lange aushielt und mit ihrem Mann, mit dem es gesundheitlich nicht zum Besten stand. Ayse war türkischer Abstammung, aber in Deutschland geboren und genauso, wie die meisten Zwanzigjährigen, die am Wochenende mit ihrer Clique ausgingen, träumte sie von einem Mann, der sie auf Händen tragen würde.

Hella, die in vier Monaten ihr 30.Lebensjahr vollendete, hatte keinen festen Partner. Seit der Trennung von Justus vor vier Jahren, hatte sich nichts Passendes mehr ergeben.

Im Gegenteil. Nach ihren Erfahrungen bei einem Speed-Dating und nach ein paar flüchtigen Bekanntschaften mit Männern, die sie per Internet kennengelernt hatte, war ihr die Lust an weiteren Abenteuern dieser Art vergangen. In ihren Augen fand man dort nur Faker oder Psychos. Und wie um alles in der Welt sollte man einen netten normalen Mann kennenlernen, wenn man den ganzen Tag in diesem öden Laden stand und nörgelnden Frauen mit quengelnden Kindern den Betrag für die erstandene Ware abnehmen musste. Ihre Freundinnen aus der Jugendzeit hatten inzwischen geheiratet und sich Kinder angeschafft, und allein in eine Kneipe zu gehen, fand sie blöd. Für die Disco fühlte sie sich zu alt, für Kulturveranstaltungen zu jung. Die zunehmende Unzufriedenheit hatte Kerben in ihre Mundwinkel gegraben. Ihre blauen Augen, die früher neugierig und fröhlich in die Zukunft blickten, hatten ihren Glanz verloren, genau wie ihr blondes Haar, das sie nicht mehr offen trug, sondern mit einem Haargummi im Nacken zusammenfasste. Auch der Stil ihrer Kleidung hatte sich verändert. Früher betonte sie ihre schlanke Figur und die langen Beine. Heute trug sie Jeans mit passenden Shirts.

Sie lehnte gelangweilt an der Theke und beobachtete eine Frau, die sich offenbar nicht entscheiden konnte, ob sie eine hellgrüne oder eine gelbe Handtasche kaufen sollte, als ein älterer Mann das Geschäft betrat. Er kam lächelnd auf sie zu und fragte höflich:

„Wäre es Ihnen möglich, mich zu beraten?"

Hella reagierte zuerst verblüfft, denn Beratung hatte hier noch niemand eingefordert, aber mechanisch antwortete sie:

„Selbstverständlich, was kann ich für Sie tun?"

„Ich suche Chucks für meinen Enkel, muss aber gestehen, dass ich nicht genau weiß, was Chucks sind."

Hella lächelte. „Chucks sind Turnschuhe mit dicken weißen Sohlen" erklärte sie. „Welche Größe benötigen Sie?"

„Größe 39, und in Rot, falls das möglich ist."

Hella winkte Britta zur Kasse und begab sich mit dem Mann zu den Regalen, in denen Chucks standen.

„Sollen es flache oder hohe Chucks sein?" fragte sie.

Der irritierte Blick des Mannes veranlasste sie, ihm ein Paar aus dem Karton zu holen.

„Diese hier sind die hohen Chucks" sagte sie „allerdings gibt es sie nicht in Rot, sondern nur in Rot mit Schwarz. Diese hier" sie zog ein Paar flache Schuhe aus dem Karton „gibt es in Rot, leider habe ich momentan keine mehr in Größe 39. Ich erwarte aber im Lauf der Woche neue Ware." Sie wandte sich dem Mann zu „Falls es keine Überraschung sein soll, bringen sie doch einfach ihren Enkel mit, dann kann er entscheiden, welches Paar ihm zusagt."

Der Mann nickte. „Vermutlich haben Sie Recht. Ich komme mit ihm am Samstag wieder. Und vielen Dank für ihre freundliche Beratung."

Ein kleines Lächeln breitete sich auf Hellas Gesicht aus. „Aber gern, dafür bin ich schließlich da."

Der alte Herr lächelte jetzt auch und sagte:

„Mein Alter und meine grauen Haare geben mir das Recht, Ihnen ein Kompliment zu machen, ohne dass man mich für einen Wüstling halten mag: Wenn Sie lächeln, sehen Sie bezaubernd aus."

Mit einem letzten Nicken verschwand er durch die sich automatisch öffnende Tür.

Gut gelaunt nahm Hella ihren Platz an der Kasse wieder ein. Ob er wohl wirklich mit seinem Enkel wiederkommen würde? Oder würde er versuchen, die Schuhe in einem anderen Geschäft zu bekommen? Jedenfalls war sie schon jetzt auf Samstag gespannt.

Die Uhr zeigte fast Mittag an, als sich die Tür öffnete und der grauhaarige Mann das Geschäft betrat. Er schob einen Rollstuhl, in dem ein junger Mann von etwa Zwanzig Jahren saß. „Hier bin ich wieder" sagte er lächelnd zu Hella „und dies ist mein Enkel Christian."

Der junge Mann sah Hella mit einem dezenten Grinsen an: „Wie im Loriot-Film: Ich heiße Christian und ich möchte hier einkaufen."

Hella gelang es, ihre Verwunderung mit einem Lächeln zu kaschieren. „Sie möchten also rote Chucks, richtig?" fragte sie, und als er nickte fuhr sie fort: „Gestern ist neue Ware gekommen, sowohl flache als auch hohe in Rot waren dabei. Kommen Sie, ich zeige sie Ihnen."

Am entsprechenden Regal reichte sie ihm beide Paare und sofort entschied er: „Ich möchte die hohen, die sehen richtig cool aus."

„Möchten Sie sie anprobieren?"

„Möchten schon, nur kann ich das leider nicht allein. Würden Sie mir helfen?"

„Klar" sagte Hella, kniete sich vor den Rollstuhl und begann die Klettverschlüsse der Schuhe, die Christian trug, zu lösen. Der alte Herr war zu einem anderen Regal mit schwarzen Herrenschuhen gegangen und musterte die Auswahl.

Christian sagte: „Wenn Sie wissen möchten, wieso ich im Rollstuhl sitze, fragen Sie ruhig."

Sie nickte und sagte: „Also gut, wieso?"

„Unfall" antwortete er. „Bergtour, Absturz wegen Steinlawine. Ich war gerade Vierzehn."

„Mein Gott, wie schrecklich" sagte Hella ehrlich betroffen.

„Na ja, schön war es wirklich nicht. Aber ich habe überlebt, mein Vater hatte nicht so viel Glück."

Entsetzt sah Hella ihn an.

„Ist schon in Ordnung" sagte Christian. „Opa hat sich in all den Jahren rührend um mich gekümmert. Mit seiner Hilfe habe ich einen Ausbildungsplatz zum Pharmakanten bekommen, und außerdem spiele ich Rolli-Handball. Vielleicht schaffe ich es ja bis zu den Paralympics" fügte er mit einem Augenzwinkern hinzu.

Während sie zuhörte, hatte Hella ihm die Schuhe angezogen und fühlte vorsichtig mit den Fingern, ob für die Zehen ausreichend Platz vorhanden war.

„Sie scheinen zu passen" sagte sie „oder was meinen Sie?"

„Ob sie passen, kann ich nicht beurteilen, aber sie sehen geil aus, nicht?"

Hella nickte mit einem Kloß im Hals. „Das tun sie" sagte sie und riskierte ein kleines Lächeln. „Vielleicht sollten wir ihren Großvater um sein Urteil bitten?"

Sie winkte ihm zu und er kam, mit einem Schuhkarton in der Hand zurück.

„Ich habe mich für schlichtes Schwarz entschieden" sagte er, „aber wenn ich jünger wäre, würde ich auch die roten Schuhe nehmen." Und zu Christian gewandt: „Willst du sie gleich anbehalten?"

Christian nickte. „Nachdem sich" – er wandte sich an Hella – „wie heißen Sie eigentlich?"

„Hella".

„Ok. Nachdem sich Hella so viel Mühe mit mir gegeben hat, behalte ich sie gleich an."

An der Kasse bezahlte der alte Herr die beiden Paar Schuhe und sagte zu Hella: „Vielen Dank für Ihre Freundlichkeit und Hilfe, meine hübsche junge Dame. Ich wünsche Ihnen ein schönes Wochenende."

„Danke, Ihnen auch, und kommen Sie bald wieder."

Nachdem die Tür sich hinter den Beiden geschlossen hatte, sagte Hella zu Britta: „Ich geh in der Pause mal eben zur Boutique an der Ecke. Hab mir schon lange nichts mehr Neues gekauft."

„Hört sich an, als wolltest du ausgehen?"

„Kann schon sein" lachte Hella, und ihre blauen Augen blitzten.

„Gibt es einen besonderen Anlass?"

„Nö, einfach so, weil heute so ein schöner Tag ist." Und in Gedanken fügte sie hinzu: „Und weil ich laufen kann und gesund bin." Aber davon ahnte Britta nichts.

Am Bahnsteig

Die Sonne schien warm in die Bahnhofshalle. Das Licht, gebrochen von verschiedenen Pfeilern, Säulen und Leitungen, zauberte bizarre Schatten auf die Bahnsteige, die Menschen, die Gepäckstücke und die Imbiss-Kioske. Durch das Gewirr von Stimmen und Sprachen tönte hin und wieder der Ruf eines Singvogels, der sich in die Halle verflogen hatte. Die auf dem Boden nach Lebensmittelresten suchenden Tauben reagierten jedoch weder auf die Vogellaute noch auf die menschlichen Stimmen. Sie waren damit beschäftigt, nach Krümeln, verloren gegangenen Eiskugeln, Wurstresten oder Süßigkeiten Ausschau zu halten.

Eine Frau mit zwei Pudeln an der Leine bahnte sich ihren Weg zwischen anderen Reisenden, die Koffer hinter sich herzogen oder Gepäckwagen vor sich her schoben. Die Hunde versuchten immer wieder, die Tauben aufzuscheuchen. Aber diese schienen zu ahnen, dass die Leine der Hunde nur eine begrenzte Reichweite hatte, und hüpften gelangweilt ein paar Schritte weiter zu Seite, so dass die Hunde ihre Frustration durch lautes Gekläffe kundtaten.

Ein junger Mann mit langen Haaren, die er zu einem Pferdeschwanz gebunden hatte, radelte geschickt durch die Menge, auf dem Gepäckträger seines Rades einen Gitarrenkasten balancierend. Ein Bahnbediensteter hielt ihn an und nötigte ihn, das Rad zu schieben.

An einem der Imbiss-Kioske stand ein alter Mann, schwer gestützt auf ein junges Mädchen – fast schon eine junge Frau – und führte mit zitternder Hand eine Kaffeetasse an den Mund.

Auf der anderen Seite des Kiosks stand Angelika, genau ihr gegenüber lag der Bahnsteig, an dem der Thalys nach Paris abfuhr. Es würde nicht mehr lange dauern bis er einfuhr. Sie wartete geduldig noch einige Minuten, dann ging sie langsam und besonnen den Bahnsteig entlang, wobei sie sich genau in der Mitte hielt. An einer Bank stoppte sie und setzte sich. Ein schwaches Vibrieren war zu spüren, und das metallische Geräusch, mit dem ein Zug seine Ankunft verkündete, drang bereits leise an ihr Ohr. Das Geräusch wurde lauter, bis die Bremsen ein schrilles Kreischen ausstießen und der Zug zum Halten kam. Die Türen öffneten sich und die Menschen drängten nach draußen. Mit Kindern oder Gepäckstücken an der Hand enterten sie den Bahnsteig, Ausschau haltend nach einem bekannten Gesicht, das sie freudig lächelnd empfangen würde. Es erschallten Rufe: „Käte, hierher, Käte, hallooo!" und „Meine Mama, da ist meine Mama." Einige Menschen klatschten in die Hände, als ein junger Mann den Zug verließ und einen Pokal in die Höhe hielt. Ein Anderer eilte hinzu und goss Sekt in die Trophäe. Schließlich trat eine junge Frau hinzu, nahm den Pokal und reichte ihn einem der Umstehenden, bevor sie sich dem jungen Mann zuwandte und ihn innig küsste. Langsam zog der gesamte Pulk in Richtung der Bahnhofshalle davon. Der Bahnsteig leerte sich. Die Zugtüren schlossen sich, denn im Inneren machten sich ein paar Reinigungskräfte an die Arbeit. In einer halben Stunde würde der Zug seine Reise

54

zurück nach Paris antreten. Schon kamen die ersten Passagiere und platzierten sich mit ihren Gepäckstücken neben den Türen, um als erste ihre Plätze in den Abteilen aufsuchen zu können.

Eine Durchsage teilte mit, dass auf Gleis 4 der ICE nach Hamburg eine Verspätung von 20 Minuten haben würde. Es war 12.30 Uhr.

Die Türen des Thalys öffneten sich mit einem Zischen. Das Ziehen von Koffern auf Rollen ertönte, Abschiedsworte wurden gemurmelt oder gerufen, und eine alte Dame fragte den Bahnbediensteten, wo sich Wagen 24 befände. Sie könne es nicht sehen, da sie ihre Brille ganz unten in der Handtasche verstaut habe. Der Zugbegleiter zeigte auf den nächsten Wagen und sagte: „Die übernächste Tür, dann nach links", bevor er sich einem neu angekommenen Kollegen zuwandte.

Rennende Schritte verkündeten, dass noch jemand den Zug erreichen wollte, bevor sich die Türen schlossen. Wenige Augenblicke später war es dann soweit, ein leises Zischen ertönte. Der schrille Pfiff des Bahnbegleiters informierte den Lokführer, dass der Zug abfahrtbereit war, und ganz langsam setzten sich die Räder in Bewegung.

Angelika stand von ihrer Bank auf, ergriff ihren weißen Stock mit der Kugel vorn an der Spitze und ging zurück zur Halle. Eines Tages würde auch sie in diesen Zug einsteigen und nach Paris fahren.

Am Strand

Sie lief am Rand des Wassers entlang, in der Morgendämmerung, und blickte auf die Sonne, die sich nur zögernd aus dem Meer erhob. Es war noch kühl, und das Meer lag ruhig vor ihr, wie ein Spiegel, der in allen möglichen Blautönen schimmerte. Nur zu ihren Füßen bewegte sich das Wasser im Spiel der Gezeiten ein wenig. In kleinen Wellen lief es auf den Sand, um sich fast augenblicklich wieder zurückzuziehen, einen schmalen Streifen Gischt hinterlassend. Sie achtete darauf, dass ihre Füße nicht nass wurden. Ihr Gesicht war es bereits. Nicht vom Meer, sondern von Tränen, die sie nicht mehr länger zurückhielt.

Er war gegangen, einfach so, hatte seine Sachen gepackt und gesagt, er müsse fort. Er hatte ihr keine Erklärung für sein Verhalten gegeben, ja, sie hatten sich nicht einmal gestritten. Am Tag vorher war ihre Welt noch in Ordnung gewesen. Sie hatten zusammen gegessen, ein wenig geredet, Belangloses, wie sie es immer nach einem anstrengenden Arbeitstag taten. Dann hatten sie Musik gehört, während sie ein paar Wäschestücke in den Trockner legte. Und später waren sie schlafen gegangen. Sie hatte wie immer den Kopf auf seine Brust gelegt, und er hatte den Arm um sie geschlungen. Nach ein paar kurzen Zärtlichkeiten und dem Gute-Nacht-Kuss waren sie eingeschlafen.

Und am Morgen – es war Samstag und beide mussten nicht zur Arbeit - packte er seine Sachen und ging. Sie hatte gefragt wohin, aber er gab keine Antwort. Sie hatte ihn gefragt warum, aber auch diese Frage blieb unbeantwortet. Auf der Türschwelle hatte er sich noch einmal umgedreht, auf seine CDs und Bücher gedeutet und gesagt, er lasse sie in Kürze abholen. Dann schloss sich die Tür hinter ihm.

Sie hatte wie versteinert in ihrer Wohnung gestanden, zu keiner Regung fähig, weder körperlich noch gedanklich. Eine leise Hoffnung, dies sei alles nur ein böser Traum, hatte sich ihrer bemächtigt. Als sie jedoch mit der Hand gegen die Stuhlkante schlug, fühlte sie den Schmerz und wusste, sie war wach und sein Gehen war Realität.

Wie ein Roboter war sie in die Küche gegangen, hatte Kaffee gekocht und sich an den Tisch gesetzt. Wie der Rhythmus einer Trommel hämmerte in ihren Schläfen ein Wort: warum?

Viel später, als sie schon geduscht und angezogen war, ging sie noch einmal ins Schlafzimmer, um die Betten zu machen, und da brachen die Tränen aus ihr hervor. Sie konnte gar nicht mehr aufhören zu weinen. Ihre Nase lief und war stark gerötet, die Augen fast zugeschwollen. Mit einem nassen Lappen auf dem Gesicht legte sie sich auf die Couch, aber an Schlaf war nicht zu denken. Warum nur? Was war schief gegangen? Warum hatte er nichts gesagt? Wohin war er gegangen? Gab es eine andere Frau in seinem Leben und falls ja, wie lange schon? Die Fragen in ihrem Kopf wiederholten sich ständig, eine Antwort darauf fand sie nicht.

Dann schellte das Telefon. Sie sprang auf in der Hoffnung, er möge es sein und jetzt vielleicht doch noch eine Erklärung abgeben oder ihr sagen, dass es ein Irrtum war und er zurück kommen werde.

Ihre Freundin Pia war am Telefon und erkundigte sich, ob es bei der Verabredung zum Grillen bliebe. Mit krächzender Stimme verneinte sie. Pia fragte, was den los sei, da brach sie wieder in Tränen aus und stammelte: „Er ist weg".

„Wie, weg?" fragte Pia und sie antwortete: „Einfach so, ohne Erklärung", bevor erneutes Schluchzen sie schüttelte.

Eine halbe Stunde später stand Pia vor ihr, nahm sie in den Arm und setzte sich mit ihr auf die Couch. Dann suchte sie im Barschrank nach etwas Alkoholischem und fand schließlich eine angebrochene Flasche Weinbrand. Sie goss einen guten Schluck ein und nötigte sie, davon zu trinken. Behutsam brachte Pia das Gespräch wieder auf ihn, und mit matter Stimme erzählte sie, was sich heute Morgen zugetragen hatte. Viel war es ja nicht, aber häufig sind es kleine und wie es scheint unbedeutende Dinge, die ein ganzes Leben verändern können.

Nachdem sie wieder schwieg ging Pia zum Telefon. Sie nahm das Mobilteil von der Feststation und reichte es ihr.

„Ruf deinen Juniorchef zu Hause an und sage, du brauchst in einer Familienangelegenheit dringend Urlaub." Sie schüttelte nur stumm den Kopf. Pia wählte eine Nummer und sagte, als sich am anderen Ende eine Stimme meldete: „Ich bin's. Hör mal Stefan, Karin ist völlig fertig, Thomas hat sie verlassen. Kannst du für sie Urlaub beantragen?" Stefan schien diese Frage zu bejahen und Pia fuhr fort: „Zwei Wochen ab Montag." Und nach einer kurzen Pause: „Super, du bist ein Schatz. Ich fahr jetzt mit ihr zum Flughafen, wir finden bestimmt einen Last-Minute-Flug. Bis heute Abend." Dann legte sie auf.

Karin hatte untätig zugesehen wie Pia ihren Koffer packte, ihre Handtasche inspizierte, nach Geld, Kreditkarte und Ausweis suchte, das Handy nebst Ladegerät hinein legte und ihr eine Jacke in die Hand drückte.

„Los jetzt" sagte sie „du fliegst jetzt in den Urlaub."

Im Auto hatte sie leisen Protest angemeldet, aber Pia wischte diesen mit einer Handbewegung fort.

„So wie du drauf bist, kannst du ohnehin nicht arbeiten, und nichts ist heilsamer gegen Liebeskummer als eine Reise, hat meine Oma immer gesagt" war Pias einziger Kommentar.

Sie hatten Glück und fanden eine Last-Minute-Pauschalreise in den Süden Spaniens, zwar nur für eine Woche, aber dafür waren Flug, Aufenthalt und Halbpension zu einem günstigen Preis erhältlich. Bis zum Boarding hatten sie noch ein wenig Zeit, und Pia bestand darauf, dass Karin zum Kaffee ein Sandwich aß, ehe sie mit ihr bis zur Passkontrolle ging. Ehe Karin im Wartebereich verschwand, drehte sie sich noch einmal um und sah Pia winken. Dann stand sie wieder allein am Gate und wartete darauf, das Flugzeug besteigen zu können.

Im Hotel hatte sie um ein Einzelzimmer gebeten und auch eines bekommen, wenn auch ohne Balkon und Meerblick, aber das war ihr egal. Todmüde hatte sie sich im Bett verkrochen und war – zu ihrem eigenen Erstaunen – fast sofort eingeschlafen. Heute Morgen erwachte sie früh, mit schmerzendem Herzen und beschloss, den Tag mit einem Spaziergang am Meer zu beginnen.

Zu dieser frühen Stunde war sie nahezu allein am Strand. Nur ganz hinten sah sie eine Gestalt - es schien eine Frau zu sein, denn sie trug einen Badeanzug - auf einem großen Handtuch sitzen und auf das Meer blicken. Langsam ging sie weiter und näherte sich mit jedem Schritt der anderen einsamen Person am Strand.

Die Frau war nicht mehr jung. Sie trug ihr graues Haar zu einem Knoten geschlungen. Ihr Körper mit der gebräunten Haut steckte in einem schwarzen Badeanzug. Sie saß auf einem großen Badelaken und blickte auf das Meer. Dies war ihr die liebste Stunde des Tages. Selten verirrten sich Touristen so früh an den Strand, dazu war das Meer ruhig und glatt, und die Sonne hatte noch nicht die brennende Kraft der Mittagszeit. Gerne fuhr sie deshalb in der Morgendämmerung mit ihrem alten Jeep die 30 Kilometer ans Meer, wartete bis die Sonne eine Handbreit über dem Horizont stand, badete im noch kühlen Wasser und fuhr dann wieder nach Hause. Manchmal sammelte sie auch Steine oder Muscheln, die sie zu hübschen Mustern in ihrem Garten und auf ihrer Terrasse anordnete. Seit vor ein paar Jahren ihr Mann für immer von ihr gegangen war, gestaltete sie ihr Haus und ihren Garten ganz nach ihrem Geschmack. Ihre Tochter lebte mit ihrer eigenen Familie in der Hauptstadt und ihr Sohn in Sevilla. Beide Kinder besuchten sie, wann immer es ihre Zeit erlaubte, und an den übrigen Tagen fuhr sie mit ihrem Jeep zum Einkaufen ins Dorf, trank auf der Plaza einen Kaffee und schwätzte mit den Männern und Frauen, die sich dort ebenfalls ihre Zeit vertrieben. An zwei Tagen der Woche fuhr sie mit zwei Freundinnen, die ebenfalls Witwen waren, zum

Friedhof, und nicht selten war der Nachmittag schon weit fortgeschritten, wenn sie wieder zu Hause eintraf.

Sie blickte auf das Meer und glaubte, den Spiegel ihrer Seele zu erblicken. Alles in ihr war ruhig, die Zeit der Stürme, der hohen Wellen war vorüber. Ihr Leben war in ruhiges Fahrwasser geraten. Sie konnte rückblickend sagen, dass es ein gutes Leben war. Was noch vor ihr liegen würde, wusste sie nicht, aber es erfüllte sie nicht mit Angst, sondern sie war voller Dankbarkeit, für das, was sie gelebt hatte, und genoss jeden neuen Tag wie ein Geschenk.

Ihr Blick fiel auf die Gestalt, die sich ihr näherte. Eine junge Frau offensichtlich. Ihr Gang war zwar müde, ihre Körperhaltung so, als würde sie eine Zentnerlast mit sich schleppen, dennoch entgingen der alten Frau nicht die Anzeichen der Jugend, denn ihre Augen waren noch scharf. Was für ein Schicksal mochte diese Frau, die kaum dem Kindesalter entwachsen war, so mutlos machen? Bei genauerem Hinsehen entdeckte die Frau Spuren von Tränen auf dem Gesicht und vermutete, dass es Liebeskummer war, der das Herz der jungen Frau schwer machte.

Sie wartete. Als Karin auf gleicher Höhe mit ihr war, nickte sie ihr freundlich zu und wies mit der Hand neben sich. Karin blickte fragend und ein wenig misstrauisch drein, musterte die alte Frau, die so unglaublich junge Augen hatte, und kam einen Schritt näher. Wieder deutete die alte Frau neben sich, und langsam entrollte Karin ihr Handtuch und ließ sich an ihrer Seite nieder. Beide Frauen nahmen einander unverhohlen in Augenschein.

Die alte Frau griff zu einer Muschel, die neben ihr im Sand lag, fuhr vorsichtig mit einem Finger über Karins

62

Gesicht und streifte die Träne, die an ihrem Finger hing, in die Muschel. Dann stand sie auf, lief zum Meer und warf die Muschel weit von sich. Lächelnd kehrte sie zu ihrem Handtuch zurück. Sie ergriff Karins Hand und studierte die Linien. Nickend sah sie ihr ins Gesicht. Dann tippte sie auf Karins Ringfinger, malte einen Mond in den Sand und daneben eine Zehn. Sie wiederholte die Geste noch einmal um sicher sein zu können, dass Karin verstanden hatte. Bevor sich Karin erhob, deutete die alte Frau auf ihren Bauch und streckte zwei Finger in die Höhe, dann lächelte sie und hob die Hand zum Gruß. Es war kein einziges Wort gefallen. Auf Karins Gesicht schimmerte ein erstauntes Lächeln. Sie nickte zum Abschied und winkte der alten Frau zu, ehe sie weiter ging. Auch die alte Frau lächelte, jetzt stillvergnügt in sich hinein. Dann ging sie zum Wasser um zu baden. Sie fühlte sich großartig. Es war so schön, wenn man jemandem Trost und Hoffnung schenken konnte. Heute würde ihr der Kaffee auf der Plaza besonders gut schmecken.

Nach einer Weile verließ Karin den Strand und ging zurück zur Straße. Es war Zeit für das Frühstück. Was hatte ihr die alte Frau sagen wollen? Dass sie in 10 Monaten den Mann fürs Leben finden würde? Im Moment erschien ihr ein solcher Gedanke weiter weg als die aufgehende Sonne, aber wer weiß? Es sollte ja alte Leute geben, die das zweite Gesicht hatten. Und sie würde zwei Kinder bekommen? Merkwürdig, in ihrer Lebensplanung, nein in ihren Träumen, hatte sie sich immer als Mutter zweier Kinder gesehen. War das Zufall? Und was machte zu dieser Stunde eine alte Frau – und eine Touristin war sie sicher nicht – hier am Strand? Es schien fast so, als habe sie auf sie gewartet. Sie lief ein Stück weiter, dorthin, wo die Mauer unterbrochen war, und sah hinüber zum Strand. Von der alten Frau war nichts mehr zu sehen. Sehr seltsam. War sie einem Hirngespinst aufgesessen? Nein, die alte Frau war real gewesen. Sie hatte ein so freundliches Lächeln gehabt, ihr war ganz warm ums Herz geworden. Und vielleicht wurde das, was die alte Frau ihr angedeutet hatte, ja Wirklichkeit. Beschwingt schlug sie den Weg zum Hotel ein. Den Jeep, mit einer lächelnden grauhaarigen Frau am Steuer, der gerade auf der Straße hinter ihr vorbei fuhr, nahm sie nicht wahr.

Grenzstation

Sie fuhr jede Woche zum Tanken nach Holland. Man schrieb das Jahr 1989 und das Benzin in den Niederlanden war um einiges günstiger als in Deutschland. Sie wohnte nur knapp 20 km von der Grenze entfernt, und an jedem Freitag fuhr sie zum Einkaufen und Tanken ins Nachbarland. Die Grenzbeamten kannten sie. Im Laufe der Jahre hatte sich fast so etwas wie eine Freundschaft entwickelt. Sie hielt grundsätzlich am Grenzhäuschen an und fragte jedes Mal, ob sie Eis oder Obst mitbringen sollte. Meistens bekam sie einen Zettel in die Hand gedrückt, auf dem die Wünsche der Beamten notiert waren. Mal war es eine Flasche des leckeren Joghurts, mal ein Pfund Kaffee. Im Sommer waren es Erdbeeren und Eis. In der kalten Jahreszeit waren es Kakao und Zigaretten.

An diesem Morgen, einem heißen, sonnigen Morgen, stieg sie aus ihrem Auto, ließ die Türen offen, damit die Hitze sich nicht unter dem schwarzen Hardtop staute, und betrat den Raum, in dem neben Robert Fuchs noch Martin Grange und Jochen Lettmann saßen.

„Morgen zusammen" grüßte sie. „Habt ihr heute keine Lust zu kontrollieren?"

„Ne" sagte Fuchs „ist jetzt schon zu heiß. Außerdem ist wieder rein gar nichts los. Sind wohl alle in Urlaub."

„Dafür ist Rex umso lebendiger."

Rex war der Drogensuchhund, der, wenn er nicht im Dienst war, sich wie ein ganz normaler Hund gebärdete. Er rannte draußen herum, jagte hinter seinem Tennisball oder hinter Blättern her, wälzte sich im Gras, das hinter dem Gebäude dringend hätte gemäht werden müssen, und schlürfte Wasser aus einer großen Blechschüssel, die am Fuße der Treppe, die zu den Büroräumen führte, stand.

„Soll ich euch was mitbringen?" fragte sie und zog ihr Feuerzeug und ihre Zigaretten aus der Tasche. Während sie sich eine Runner ansteckte, suchte Lettmann nach einem Zettel und fing an zu schreiben. Nachdem sie aufgeraucht hatte, gab er ihr die kurze Liste.

„Kann heute was länger dauern" sagte sie. „Ich will noch ein paar Pflanzen besorgen, dazu muss ich bis nach Bergen."

Fuchs nickte und sagte: „Kein Problem, wir sind schließlich den ganzen Tag hier."

Sie stieg in ihr Auto und fuhr davon.

Nachdem sie in Bergen Pelargonien, Georginen und einige frühe Astern eingekauft hatte, besuchte sie den Supermarkt und erledigte ihre Einkäufe und die der Zöllner. Danach fuhr sie zurück zur Grenzstation, parkte ihr Auto neben der Treppe und stieg aus.

Rex kam zum Auto und bellte. Als sie ihn beruhigen wollte und die Hand nach ihm ausstreckte, fletschte er die Zähne und ließ ein Knurren hören, das sie veranlasste, die Hand zurückzuziehen. Die Tür ging auf und Fuchs trat heraus. Er sah erst sie und dann Rex an. Dann eilte er die Treppe herunter und fragte:

„Haben Sie etwas zu verzollen?"

„Wie bist du denn drauf?" fragte sie zurück. „Und seit wann siezen wir uns wieder?"

Auch Lettmann und Grange traten jetzt heraus. Ihre sonst so unbekümmerten jungenhaften Gesichter waren plötzlich ernst. Sehr formal sagte Fuchs: „Treten Sie bitte vom Wagen zurück."

„Kann mir mal einer sagen, was hier los ist?" fragte sie, noch immer an einen Scherz der drei glaubend.

„Bitte folgen Sie Herrn Grange ins Büro" sagte Fuchs sehr bestimmt.

„Und was ist mit den Lebensmitteln? Eure Sachen sind neben meinen im Kofferraum in einer Extratüte."

„Das steht hier nicht zur Debatte, als folgen Sie mir bitte" sagte Grange.

Kopfschüttelnd ging sie mit ihm die Treppe hinauf. Dort dreht sie sich um und sah, dass Fuchs den Kofferraum geöffnet hatte und Rex schnüffeln ließ."

Langsam wurde sie ärgerlich. „Würden SIE mir bitte sagen, was SIE suchen?" fragte sie, wobei sie die offizielle Anrede überbetonte.

„Rex hat angeschlagen, also dürfen wir davon ausgehen, dass sich Drogen in ihrem Wagen befinden" antwortete Grange. „Sie können es uns und Ihnen leichter machen, wenn Sie uns die Drogen aushändigen, ansonsten sind wir gezwungen, den Wagen auseinander zu nehmen."

„Drogen?" echote sie. „Das ist doch wohl total bescheuert. Ich habe keine Drogen im Auto."

„Rex scheint anderer Meinung zu sein."

„Dann irrt er sich eben."

„Ein Drogenhund ist unbestechlich."

„Na, toll, aber bitte, dann nehmt eben den Wagen auseinander. Ich weiß, dass ihr nichts finden werdet." Automatisch war sie wieder zu der legeren Anrede übergegangen.
Sie setzte sich auf einen Stuhl und zündete sich eine Ziga-
rette an.

„Na los" sagte sie und ihre Wut war ihrer Stimme deutlich
anzumerken „tut, was ihr nicht lassen könnt." Dann lehnte sie sich zurück und sah aus dem Fenster, wo Lettmann
und Fuchs den Kofferraum ausräumten.

Rex tänzelte um die beiden herum und interessierte sich
weder für den Kofferraum noch für die Lebensmittel. Als
sie selbst den Wagenheber und das Reserverad untersucht
hatten, wandten sie sich dem Innenraum des Autos zu.
Jetzt fing Rex zu bellen an und drängelte in den Innenraum. Fuchs ließ in vorbei, und mit einem Satz war er auf
dem Rücksitz und scharrte im Fußraum nach etwas. Sekunden später kam er mit seinem Tennisball in der
Schnauze zum Vorschein, lief ein Stück den Weg entlang
und jagte dann seinem Ball hinterher.

Vor dem Wagen standen zwei Grenzbeamte, deren Gesichter eine leichte Röte aufwies. Dann packten beide
kommentarlos alles wieder in den Kofferraum, nahmen
eine Tüte heraus und stiegen die Treppe zum Office em-
por. Verlegen sagte Fuchs: „Bist du sauer auf uns?"

Ihre Wut schwand. „Nein", sagte sie „ihr musstet wohl so handeln. Und schon Lenin sagte: Vertrauen ist gut, Kontrolle ist besser." Sie streckte die Hand aus „Ich kriege von euch 7 Mark 35."

Lettmann bezahlte und sie stieg in ihr Auto. Auf dem Nachhauseweg dachte sie „Hunde sind eben auch nur Menschen", und ihr Mund verzog sich zu einem Grinsen. In zwei Wochen würde sie die Nummer noch einmal abziehen, und in der Woche danach konnte sie endlich den Stoff gefahrlos in ihrem Auto über die Grenze transportieren.

Unterhaltung im Flur

Sie standen im Flur. Scarlett sagte:

„Letzte Woche war ich in New York. Da gab es eine Dinner-Party. Das Restaurant war ganz in Blau gehalten. Blaue Möbel, blauer Teppich, so weich und samtig, selbst die Treppenstufen waren damit ausgelegt. Wir fuhren mit dem Wagen bis vor das Portal, und ein Boy kam und parkte ein, so dass wir direkt zu unserem Tisch gehen konnten. Luxus pur. Einfach herrlich. Nach dem Essen gingen wir ein paar Schritte durch die Madison Avenue. Ach, New York ist eine großartige Stadt."

„Ich weiß" sagte Vanessa, „ich war auch kürzlich dort. Zwar nicht in der Madison Avenue, aber dafür in der Wallstreet, am Broadway, in diversen Parks und auf Staten Island. Außerdem besuchte ich das Empire State Building, das Rockefeller-Center und die großen Malls. Es waren etliche Meilen, die ich zurückgelegt habe. Ist schon faszinierend, diese Stadt, aber auch anstrengend."

Stephanie sagte nichts. Sie hörte zu. Erst als Scarlett sich an sie wandte und fragte: „Was ist mit dir?" gab sie zögernd zur Antwort: „In den USA war ich noch nie, dafür aber in Paris und Barcelona." „Und?" fragte Scarlett weiter „was kannst du darüber erzählen?"

Bevor sie antworten konnte sagte Conny: „Ich war auch in Paris und in Barcelona. Das war, bevor mein Partner verschwand. Barcelona hat mir sehr gut gefallen. Besonders die Ramblas und das Barri Gotic. Aber natürlich war ich auch im Raval.."

Vanessa fiel ihr ins Wort: „Im Raval sind die Straßen so schlecht, so viele Schlaglöcher."

„Nein" antwortete Conny „die gibt es nur im südlichen Teil. Der nördliche ist saniert, die Straßen sind eben, von den Baustellen mal abgesehen, und natürlich sind sie rund um den Boqueria Markt schmutzig, aber dennoch ist die Stadt einmalig schön. Besonders mag ich den Montjuic. Breite Serpentinen führen dort hinauf, entlang am Pueblo Espanol bis zum MNAC und auf der anderen Seite wieder herunter, vorbei an der Miro Fundación."

Scarlett ergriff das Wort: „Nun lasst doch Stephanie mal erzählen. Schließlich habe ich sie gefragt."

„Nun" sagte Stephanie „ich bin wahrscheinlich nicht objektiv. Schließlich komme ich aus Barcelona. Aus diesem Grunde gibt es für mich keine schönere Stadt. Verständlich, oder? Und was die Straßen betrifft, ich bevorzuge die Flaniermeilen. Das ist das Leben, für das ich geschaffen bin. Und die gibt es sowohl in Barcelona, als auch in Paris."

Conny stieg wieder in die Unterhaltung ein: „Wenn ihr richtig schlechte Straßen sucht, geht mal zum Montmartre. Kopfsteinpflaster bei Regen! Glitschig und überhaupt nicht schön."

„Bei Regen sind alle Städte hässlich" warf Scarlett ein, „da bleibe ich am liebsten zu Hause bzw. im Hotel. Und im Übrigen muss ich Stephanie Recht geben. Wir sind eben Luxusgeschöpfe, sie und ich."

„Ihr habt vielleicht Probleme" hauchte Greta. „Ich war über Wochen eingesperrt, zusammen mit meiner Schwester. Nur Enge, Dunkelheit und keine Chance mal rauszukommen. Erst heute Morgen durften wir die ersehnte Freiheit wieder kosten. Ein unglaubliches Gefühl, über den Teppich und die Marmortreppen hinunter ins Freie zu gehen. Selbst der Regen war wie eine Offenbarung. Solch eine Zeit des Eingeschlossen-Seins wünsche ich niemandem."

„Du Arme" sagte Stephanie mitfühlend „dann weißt du gar nicht, dass Connys Partner verschwunden ist? Abends war er noch da und am Morgen war er einfach weg."

„Ach" sagte Greta „wie lange ist er denn schon fort?"

„Seit 4 Tagen" antwortete Conny leise. „Ohne ihn fühle ich mich nicht mehr vollständig. Ich komme mir so nutzlos vor. Und ich weiß nicht, was aus mir werden wird."

Betretenes Schweigen. Dann sagte Stephanie: „Wir alle hoffen mit dir, dass er wieder zu dir zurückkommt. Lass den Mut nicht sinken. Schließlich siehst du noch großartig aus."

„Oder man hat ihn auch eingesperrt" sagte Greta. „Man muss ja hier mit allem rechnen."

Die Frau stand in der Küche am Herd und rührte in einem Topf mit Gulasch, als ihr Mann eintrat. Er küsste sie zur Begrüßung auf die Wange und fragte:

„Wann gibt es Abendbrot?"

„In wenigen Minuten. Setz dich schon mal hin, ich bringe dir gleich deinen Teller."

„Isst du nicht mit?" fragte er.

„Nein" antwortete sie „ich möchte erst meine Arbeit zu Ende bringen."

„Was denn für eine Arbeit?" fragte er sie.

„Unser Schuhschrank ist zu klein" sagte sie mit einem Lachen. „Deswegen packe ich alle meine Schuhe in Kartons und stelle sie in das Regal in der Diele. Und damit ich weiß, welches Paar in welchem Karton ist, mache ich jeweils ein Foto und klebe es auf die Front. So brauche ich nicht lange zu suchen. Nur noch fünf Aufnahmen, dann bin ich fertig."

„Bei der Menge deiner Schuhe keine schlechte Idee."

Er stand auf und griff zu seinen Autoschlüsseln.

„Da fällt mir ein, ich fahre schon seit gestern deinen reparierten Stiefel mit mir spazieren" sagte er. „Ich hole ihn schnell aus dem Auto und stell ihn zu den anderen Schuhen in den Flur."

Georg Mastersons Tochter

Harriet Miles steht im Wohnzimmer und spricht in ein altmodisches schwarzes Telefon. Sie wirkt erregt, und ihre Stimme ist ein wenig schrill. Gerade sagt sie:

„Bitte nehmen Sie ein Taxi. Das Haus liegt auf der Rückseite des Friedhofs Bunhill Fields. Ein dunkles, viktorianisches Gebäude. Sie können es nicht verfehlen. Es trägt die Nummer 16. Ich erwarte Sie in einer halben Stunde. Auf Wiedersehen."

Kaum hat Harriet aufgelegt, wird der Türklopfer betätigt. Sie öffnet das große Portal und steht ihren Kindern Clarissa und Andrew gegenüber. Clarissa ist modisch und extravagant gekleidet, Andrew hingegen hat Farbflecken auf dem Pullover und seine Jeans hätten dringend eine Reinigung benötigt. Kaugummi kauend nuschelt er ein „Hi, Mom" und drängelt sich an ihr vorbei in die Eingangshalle. Clarissa küsst ihre Mutter auf die Wange und sagt ein wenig indigniert:

„Wieso durfte ich Richard nicht mitbringen? Er ist immerhin mein Verlobter. Jetzt ist er beleidigt in seinen Club gegangen."

„Ich habe meine Gründe, Kind, es ist eine familiäre Angelegenheit, eine sehr pikante familiäre Angelegenheit."

„Hm, na gut, wahrscheinlich lässt er den Whiskyumsatz im Club sprunghaft ansteigen" und nach einer kleinen Pause: „Wie geht es dir, Mom?"

„Auch wenn es pietätlos klingt, aber jetzt, da dein ständig nörgelnder und besserwisserischer Onkel nicht mehr ist, geht es mir von Tag zu Tag besser" und zu Andrew gewandt: „Hättest du dir nicht wenigstens etwas Sauberes anziehen können?"

„Ja, natürlich, aber ich habe in der Werkstatt die Zeit aus den Augen verloren, und immerhin bin ich ja pünktlich. Aber nun sag, was ist denn so dringend, dass wir hierher in Georges Haus befohlen wurden?" Er sieht sich um und fügt hinzu: „Hässlicher alter Kasten und so dunkel, sieht von außen absolut unbewohnt aus. Ich habe nie verstanden, warum er sich hier vergraben hat."

„Dein Onkel wollte nicht weg von hier. Wohlgefühlt hätte er sich ohnehin nirgendwo. Da ist ein Haus so gut wie das andere."

Gemeinsam treten sie ins Wohnzimmer, das nur spärlich erleuchtet ist. Andrew entdeckt die Bar und mustert die Bestände kritisch.

„Wenn der Whisky so alt wäre wie die Möbel und der Port so dunkel wie die Vorhänge, wäre die Bar ganz akzeptabel". Ein strenger Blick seiner Mutter lässt ihn verstummen.

Clarissa nimmt in einem der riesigen alten Sessel Platz und schlägt die Beine, die in hohen kapriziösen Schuhen stecken, übereinander.

„Also, Mom, was ist der Grund unseres Hierseins?"

„Gedulde dich noch ein wenig, wir sind noch nicht komplett."

In diesem Moment wird abermals der Türklopfer bewegt und Harriet öffnet. Vor der Tür steht ein Mann in mittleren Jahren, bekleidet mit einem Anzug und einem Kaschmir-Mantel und neben ihm eine große, schlanke junge Frau, deren Gesichtszüge unter dem Make-up nur zu erahnen sind.

Harriet mustert die beiden.

„Oh, wie nett" sagt sie „kennt ihr euch bereits?"

Matthew, der Mann im Anzug antworte lächelnd:

„Nein, wir sind uns auf dem Friedhof begegnet."

Die junge Frau sagt mit rauchiger Stimme: „Ich bin Laura, und Sie sind wohl Mrs. Miles. Erfreut, Sie kennen zu lernen. Darf ich jetzt den Grund für Ihre Einladung erfahren?"

„Haben Sie noch ein wenig Geduld, bitte folgen Sie mir."

Sie geht den beiden voran ins Wohnzimmer. Bei ihrem Eintreten erhebt sich Andrew. Doch bevor er noch etwas sagen kann, ergreift Harriet das Wort: „Darf ich Ihnen etwas zu trinken anbieten?"

Laura antwortet: „Ein Glas Wasser wäre nett." Andrew füllt Soda in ein Glas und reicht es ihr. Clarissa nimmt sich einen Sherry und reicht auch ihrer Mutter ein Glas. Matthew und Andrew entscheiden sich für Malt-Whisky.

Als alle versorgt sind, ergreift Harriet wieder das Wort: „Ich bitte euch um ein paar Minuten Aufmerksamkeit. Was ich zu sagen habe, wird euch alle überraschen, so denke ich. Zuerst einmal möchte ich euch Laura vorstellen. Laura ist die Tochter von Dino Cassetti, dem großen und vor allem in den USA bekannten Travestiekünstler. Laura, das sind meine Kinder Clarissa und Andrew, und dies hier ist Matthew, unser Vermögensverwalter.

Mein Bruder George ist, wie ihr wisst, vor einigen Wochen gestorben. Er hat in seinen jüngeren Jahren die ganze Welt bereist und war ein sehr erfolgreicher Geschäftsmann. Im Alter hat er sich hierher zurückgezogen und hier zwischen seinen Büchern seine letzten Jahre verbracht. Er wurde mit zunehmendem Alter mehr und mehr menschenscheu und hatte – soweit ich das beurteilen kann – keine Freunde. Sein einziger Kontakt zum realen Leben war ich, abgesehen von Mrs. Ransome, die ihm das Haus mehr schlecht als recht versorgte und für ihn kochte."

Harriet geht zum Schreibtisch und entnimmt ihm einen großen braunen Umschlag, dann fährt sie fort:

„Es wird euch erstaunen, was ich bei der Durchsicht seiner Papiere gefunden habe. Dieser Umschlag ist an mich adressiert. Ich fand darin einen Brief, den er an mich vor mehr als drei Jahren geschrieben hat, und der zusammengefasst folgendes zum Inhalt hat:

George war vor mehr als 20 Jahren, wenn er sich in London befand, öfter einmal Gast in einem Varieté. Dort traf er eine junge Tänzerin, in die er sich verliebte und mit der ein paar Mal ausging. Mit der Zeit wurden die beiden ein Paar, bis zu dem Zeitpunkt, da die junge Frau von ihm schwanger wurde. Georg war entsetzt. Er machte ihr klar, dass er keine Familie wolle und bot ihr Geld, viel Geld, wenn sie das Kind nicht bekäme. Es kam zu einem großen und unschönen Streit, und mein Bruder drohte, den Kontakt zu ihr abzubrechen, wenn sie keine Einsicht zeigen würde. Um eine lange Geschichte kurz zu machen: die beiden trennten sich, und er sah die Frau nicht wieder. Zeitungsausschnitte, die dem Brief beigefügt waren, geben Aufschluss darüber, dass Serena, so hieß die junge Tänzerin, einige Monate später geheiratet hat und wiederum drei Monate später im St. James-Hospital von einer Tochter entbunden wurde. Diese kleine Mädchen waren Sie, Laura, und ich darf mit Recht annehmen, dass Sie die leibliche Tochter meines Bruders George sind, zumal der Brief Schlüssel für zwei Bankschließfächer enthält, von dem der eine mit Ihrem Namen versehen ist."

Lauras Hände hatten, während Harriet sprach, zu zittern begonnen und jetzt, nachdem Harriet geendet hatte, war sie nicht fähig, etwas zu sagen. Harriet schenkte ihr ein mitleidiges Lächeln.

„Ich verstehe, dass dies ein Schock für Sie sein muss. Andrew, gibt Laura einen Brandy."

Laura ergreift das Glas und trinkt es in einem Zug leer. Sie spricht abgehackt:

„Mein Gott, ich hatte ja keine Ahnung....kann das gar nicht begreifen...dachte mein Leben lang, dass Dino mein Vater......"

„Kind, nun beruhigen Sie sich. Möchten Sie etwa essen? Ich habe ein paar Sandwiches hergerichtet."

„Nein, vielen Dank, ich könnte keinen Bissen herunter bekommen. Bitte verzeihen Sie, aber ich habe wahnsinnige Kopfschmerzen."

Clarissa kramt in ihrer Handtasche und zaubert ein Röhrchen mit Tabletten hervor.

„Ach komm, das vergeht gleich wieder. Komm mit ins Bad, ich gebe dir ein Aspirin. Und wenn es dir besser geht, feiern wir unsere neue Verwandtschaft und gehen was essen."

Sie zieht Laura vom Sessel hoch und verschwindet mit ihr im Badezimmer. Nach wenigen Augenblicken kommt sie zurück.

„Sie macht sich noch ein wenig frisch. Wird gleich wieder in Ordnung sein."

Andrew, der bereits sein drittes Glas Whisky in der Hand hält, lächelt maliziös:

„Sieh mal an, der alte George! Und ich dachte immer, der sei schwul. Was er da zustande gebracht hat, ist keine schlechte Leistung." Er pfeift durch die Zähne und erntet von seiner Mutter einen missbilligenden Blick.

„Andrew, iss erst etwas, bevor du weiter trinkst!"

„Sehr wohl, verehrte Frau Mutter" und zu Clarissa gewandt: „Was sagst du zu unsere neuen Verwandtschaft, liebes Schwesterlein, da steht Konkurrenz ins Haus. Sieh dir nur Matthew an, dem läuft schon das Wasser aus den Mundwinkeln."

„Andrew, du bist ekelhaft, wenn du getrunken hast."

„So, bin ich das? Spiel bloß nicht die feine Dame. Ich darf dich daran erinnern, dass.."

„Andrew es reicht!"

Andrew wendet sich Matthew zu. „Und du sagst gar nichts und denkst dir dein Teil, nicht wahr, Herr Vermögensverwalter?"

„Ich finde, Clarissa hat Recht. Du bist ekelhaft!"

„Ach wieder einmal die alte Fraktion? Wie lange ist das eigentlich her, dass du Clarissa den Laufpass gegeben hast? Ein Jahr? Nein, es müssen schon fast zwei sein. Der Zeitpunkt fiel ziemlich genau auf den Monat, in dem Clarissa das Geschäft mit dem Ethno-Design geplatzt ist."

Clarissas Gedanken schweifen ab. Sie sah sich wieder mit Matthew in ihrem Lieblingsrestaurant sitzen. Das Hauptgericht hatten sie bereits verzehrt und warteten auf den Nachtisch. Sie hatte ihm während des Essens von dem Desaster berichtet, das ihr widerfahren war. Sie war selbständige Modedesignerin und hatte einen Superauftrag von einer Hotelkette hereingeholt. Aber dann war alles schief gelaufen. Das Material war von schlechter Qualität, die Drucke unsauber, und der Kunde weigerte sich, die Ware abzunehmen. Selbst schmerzhaft hohe Preisnachlässe schlug er aus. Sie hätte sich verpflichtet, zu einem bestimmten Zeitpunkt und in der von ihr angebotenen Qualität zu liefern, und damit basta! Letztendlich hatte sie nicht nur eine happige Konventionalstrafe berappen müssen sondern auch ihren guten Ruf als Geschäftsfrau verloren.

Matthew hatte gesagt: „Dann lass mich dich wenigstens zum Essen einladen", aber Clarissa hatte geantwortet: „Kommt nicht in Frage."

Dann wurde das Tiramisu serviert. Beim zweiten Löffel stutzte Clarissa und entfernte vorsichtig einen kleinen Gegenstand aus ihrem Mund. Sie zeigte ihn Matthew: „Jetzt sieh dir das an! Das ist eine Schrotkugel!". Sie rief nach dem Kellner und sagte: „Dies hier habe ich im Dessert gefunden, und nun wüsste ich gerne von Ihnen, ob sie vielleicht Ihr Tiramisu erschießen."

Dem Kellner war das alles furchtbar peinlich, und er betonte, wie Leid es ihm täte und fragte, ob ihre Zähne Schaden genommen hätten. Als Clarissa verneinte, beeilte er sich zu versichern, dass sie selbstverständlich Gäste des Hauses seien und keine Rechnung zu begleichen hätten.

Beim Hinausgehen fragte Matthew: „Wie viele Steine oder Schrotkugeln hast du noch in der Tasche? Auch eine Art, sich bei angespannter finanzieller Situation ein gutes Essen zu erschleichen."

Clarissa war sich nicht sicher, ob dieser Satz seinem skurrilen Humor zuzuschreiben war oder ob er es vielleicht ernst meinte. Als sie ihn fragte, ob er noch mit zu ihr kommen wolle, verneinte er mit der Begründung, er habe noch zu arbeiten. Danach hatte es keine Verabredung mehr gegeben.

Als sie wieder in der Jetzt-Zeit angekommen ist, sieht sie, wie Matthew auf seine Uhr blickt.

„Jetzt ist sie schon 10 Minuten im Bad. Ich glaube, ich sehe mal nach ihr." Er verschwindet im Gang zum Badezimmer. Sie hören, wie er erst klopft, dann die Tür öffnet.

„Ach du liebe Güte, Laura, was ist mit Ihnen?" und nach einem Moment der Stille zu den Anderen:

„Kommt schnell, aber bleibt an der Tür stehen!"

Alle laufen zum Bad uns sehen Laura auf dem Boden liegen.

„Ist sie ohnmächtig?"

Matthew, der bei ihr kniet, legt ihr ein Handtuch über das Gesicht und dreht sich zu ihnen um:

„Sie ist tot."

„Tot? Nicht möglich. Bist du sicher? Wieso tot? Was ist passiert?"

Alle sprechen durcheinander.

Matthew drängt sie zurück auf den Gang und schließt die Badezimmertür.

„Sie hat Schaum vor dem Mund. Sie ist vergiftet worden."

Harriet greift an ihr Herz und sagt fassungslos: „Wer soll sie denn vergiftet haben? Vielleicht hat sie ja heute etwas Falsches gegessen...."

„Nein, das glaube ich nicht. Als sie kam, wirkte sie noch ganz munter. Andrew, was hast du ihr ins Glas geschüttet?"

„Das war Brandy! Also hör mal, verdächtigst du etwa mich, Laura vergiftet zu haben?"

„Ich verdächtige noch niemanden. Aber der Gedanke, dass damit eine Haupterbin aus dem Feld geschlagen wurde, ist doch nicht von der Hand zu weisen."

„Sag mal, spinnst du jetzt komplett?"

Harriet wirft mit zitternder Stimme ein. „Lasst das jetzt, wir müssen die Polizei rufen."

„Moment noch, lasst uns nachdenken. Bis gerade sah es doch so aus, als wären Sie und Ihre Kinder die einzigen Erben des immensen Vermögens. Oder wusste außer Ihnen noch jemand von Lauras Existenz? Wer hat Kenntnis darüber, was und wie viel sie erbt? Und wer könnte ein Interesse daran haben, dass sie das Erbe nicht antritt?"

„Der Einzige, der über das Vermögen von George auf dem Laufenden ist, sind doch Sie, Matthew."

„Das stimmt nicht ganz. In den letzten Jahren hat George alle Immobilien und Wertpapiere abgestoßen und Diamanten gekauft, die sich jetzt vermutlich im Schließfach der Bank befinden. Ich kann nur schätzen, aber es dürften Steine im Wert mehrere Millionen Pfund sein."

„Mein Gott, was sollen wir jetzt bloß tun?"

„Denken wir doch einmal praktisch. Wer weiß von unserem Treffen?"

„Richard weiß davon", wirft Clarissa ein.

„Aber der ist im Club, wie du sagst, richtig? Fahr sofort nach Hause und warte auf Richard. Wenn er vom Club nach Hause kommt, sagst du, das Treffen sei kurzfristig abgesagt worden. Deine Mutter sei zurück in ihre Wohnung nach Belgravia gefahren, weil sie wieder ihr allergisches Asthma bekommen hat. Du warst überhaupt nicht hier, verstehst du? Und du, Andrew, fährst sofort wieder zurück in deine Werkstatt, die du gar nicht verlassen hast. Wird das funktionieren?"

„Kein Problem, das Licht brennt ohnehin ständig und die Musik läuft auch. Pete kommt erst um 23.00 Uhr mit den Ersatzteilen."

„O.k. dann verschwindet jetzt. Ich erledige das hier schon."

Matthew wendet sich an Harriet, nachdem die Kinder das Haus verlassen haben.

„Wissen Sie, was die Polizei aus dem Fall macht? Sie stellte Fragen ohne Ende. Was hat Andrew ins Glas geschüttet? Wir beide wissen, dass er mehr trinkt, als für ihn gut ist. Wäre ein gefundenes Fressen für die Gazetten, den Neffen des alten Masterson als alkohol- und drogensüchtig bloßzustellen. Und welche Tabletten hat Clarissa Laura gegeben? War es wirklich nur Aspirin? Sie und ich wissen, dass Clarissas Firma seit zwei Jahre keine schwarzen Zahlen mehr schreibt. Und da macht es schon einen Unterschied ob man 20.000 oder 200.000 Pfund erbt."

„Was wollen Sie damit sagen, Matthew?"

„Ich gebe nur wieder, was die Polizei fragen und welche Spekulationen die Presse anstellen wird. Ich mache Ihnen eine Vorschlag: Wir gehen jetzt über den Friedhof bis zur U-Bahn-Station. Sie fahren in ihre Wohnung. Lassen Sie sich beim Betreten nicht sehen und falls doch, sagen Sie, Sie hätten noch ein paar Kleinigkeiten im Supermarkt gekauft. Hier, packen Sie die Sandwiches in Ihre Tasche und dann los. Warten Sie einfach, bis ich mich wieder melde."

„Und was wird mit Laura?"

„Das wollen Sie gar nicht wissen. Sie haben Laura nie gesehen."

Es waren etwas mehr als drei Wochen vergangen, als E-mily, die Haushaltshilfe Harriets, ihr mitteilte, dass zwei Polizisten sie zu sprechen wünschten. Obwohl Harriet in den letzten Wochen täglich damit gerechnet hatte, erschrak sie jetzt bis ins Mark.

„Sagen Sie den Herrschaften, ich sei unpässlich" trug sie Emily auf. Diese antwortete ungerührt:

„Das habe ich bereits getan, aber sie sagen, es dauert nicht lange, und sie müssen unbedingt mit Ihnen sprechen."

„Dann bitten Sie sie in den Salon, ich komme gleich" antwortete Harriet. Sie war nur noch ein Schatten ihrer selbst. Zerfressen von Selbstvorwürfen und zermürbt von der Ungewissheit, hatte sie sich seit zwei Wochen nicht mehr aus ihrem Schlafgemach entfernt. Sie hatte kaum oder sehr schlecht geschlafen und nur wenig gegessen. Sie war am Ende. So schnell es ihren zitternden Händen möglich war, kleidete sie sich an, frisierte sich die Haare, legte einen Hauch Puder auf ihr totenblasses Gesicht und ging mit zitternden Schritten hinunter in den Salon. Als sie eintrat, erhob sich ein sympathisch aussehender Mann und kam ihr ein paar Schritte entgegen. Er stellte sich als Inspektor Morrison vor und wies auf eine junge Frau, die am Fenster stand.

„Dies ist Sergeant Kline" sagte er, „bitte nehmen Sie doch Platz. Wir belästigen sie nur sehr kurz, da wir erfahren mussten, dass sie sich nicht wohl fühlen.

Harriet setzte sich auf die Couch und sah die beiden ängstlich an.

„Die Sache ist die" sagte Morrison, „dass uns eine Mrs. Ransome darüber in Kenntnis gesetzt hat, dass im Haus Ihres Bruders eingebrochen worden sei. Wir haben daraufhin die Behauptung der Frau überprüft und mussten feststellen, dass tatsächlich ein Fester eingeschlagen worden war. Ob etwas gestohlen worden ist, kann ich nicht sagen, fest steht nur, dass der oder die Einbrecher sich am Alkoholvorrat gütlich getan zu haben. Um aber feststellen zu können, was fehlt, bedürfen wir Ihrer Hilfe. Fühlen Sie sich in der Lage, uns in das Haus zu begleiten?"

Harriet zögerte. Von einer Leiche war nicht die Rede, also schien Matthew tatsächlich alles geregelt zu haben. Dennoch graute ihr davor, sich noch einmal zum Haus am Friedhof zu begeben.

„Ich würde gerne mit meiner Tochter sprechen, vielleicht kann sie uns begleiten" sagte sie. Der Inspektor nickte. „Kein Problem" antwortete er knapp.

Harriet entschuldigte sich, und ging zum Telefon in ihrem Schlafzimmer. Clarissa nahm nach dem fünften Läuten ab, als Harriet schon befürchtet hatte, sie sei gar nicht in ihrem Geschäft. Schnell erklärte sie ihr den Sachverhalt.

Clarissa und sie hatten in den vergangenen Wochen ein paar Mal miteinander telefoniert, ohne allerdings das Thema „Laura" zu berühren. Jetzt fragte Clarissa leise: „Ein Einbruch, sonst nichts?" Aber sie versprach sofort loszufahren. Harriet nahm einen Mantel und ihre Handtasche mit in den Salon und sagte: „Meine Tochter kommt. Darf ich Ihnen in der Zwischenzeit etwas zu trinken anbieten?"

„Nein, vielen Dank. Wann waren Sie zuletzt im Haus Ihres Bruders?"

Harriet zögerte. „Das ist ein paar Wochen her, wann genau es war, weiß ich nicht mehr."

„Was taten Sie dort?"

„Ich habe begonnen, seine Unterlagen zu sichten, konnte aber nicht lange bleiben, da ich einen Asthmaanfall befürchten musste. Also bin ich sofort wieder nach Hause gefahren."

Der Kommissar nickte und Sergeant Kline machte eine Notiz in ihrem Buch. Sie warteten. Endlich hörte Harriet Clarissas Wagen vorfahren. Wenige Augenblicke später erschien Clarissa in der Tür.

Nachdem sie sich den beiden Polizisten vorgestellt hatte, brachen Sie auf. Harriet fuhr in Clarissas Wagen mit, und der Polizeiwagen folgte Ihnen. Sie parkten die Autos vor dem Friedhof und gingen zum Haus.

„Haben Sie einen Schlüssel?" fragte Morrison und Harriet bejahte, fügte aber hinzu. „Zu dumm, den habe ich vor lauter Aufregung zu Hause gelassen."

„Wenn es Ihnen Recht ist, öffne ich mit einem Dietrich" sagte Morrison und Harriet nickte dazu. Dann betraten sie das Haus. Es war kalt und dunkel und roch muffig. Clarissa drückte auf den Lichtschalter, und die Eingangshalle wurde in diffuses Licht getaucht. Der Inspektor führte sie in die Küche. Dort waren die Splitter des Fensters auf der Anrichte verstreut. Auch Fußabdrücke waren zu erkennen.

Morrison sagte: „Die Abdrücke stammen von meinen Leuten, die auf diesem Wege das Haus betreten haben. Würden Sie jetzt bitte nachsehen, ob etwas gestohlen worden ist?"

Clarissa und Harriet gingen in den Salon, wo zwei benutzte Sherry Gläser standen. Nichts schien berührt worden zu sein, nur eine Schublade des Schreibtisches stand offen. Auch in den andern Räumen waren keine Spuren eines Einbruchs zu sehen.

Harriet sagte: „Soweit ich das beurteilen kann, fehlt nichts." Clarissa widersprach: „Doch, der Umschlag, den du bei unserem letzten Besuch aus dem Schreibtisch genommen hast, fehlt." Sie wies auf die Gläser. „Die haben meine Mutter und ich bei unserem Besuch benutzt." Es verwunderte sie, dass weder das Wasserglas, aus dem Laura getrunken hatte, noch die Whiskeygläser benutzt herumstanden, aber sie erwähnte es nicht. Zuletzt warfen sie noch einen Blick ins Badezimmer, aber auch dort schien alles in Ordnung, lediglich das Handtuch, mit dem Matthew Lauras Gesicht bedeckt hatte, fehlte.

Der Inspektor fragte: „Was befand sich in dem Umschlag?" Die beiden Frauen sahen sich an. Dann sagte Clarissa: „Persönliche Unterlagen meines Onkels und Schlüssel zum Schließfach in seiner Bank."

Morrison pfiff durch die Zähne: „Wissen Sie, was Ihr Onkel in dem Schließfach aufbewahrte?" Beide Frauen schüttelten den Kopf und Harriet fügte hinzu: „Unser Vermögensverwalter hat die finanziellen Dinge meines Bruders geregelt."

„Wer ist Ihr Vermögensverwalter?"

„Matthew Blake" sagte Clarissa.

Mit Morrison ging eine Veränderung vor. Plötzlich war seine Haltung angespannt. Er warf Sergeant Kline einen Blick zu und fragte: „Wann haben sie ihn zuletzt gesehen oder gesprochen?"

Harriet sagte zögerlich: „Ich glaube, nachdem ich die Papiere meines Bruders gesichtet habe."

Ungeduldig fragte Morrison: „Was war der Grund?" und Harriet setzte sich seufzend und antwortete mit einem Blick auf Clarissa: „Es stellte sich heraus, dass mein Bruder eine Tochter hatte, von der wir nichts wussten. Ich habe Matthew gebeten, die Frau zu suchen, da mein Bruder sie in seinem Erbe bedacht hatte."

„Und seither haben Sie nichts mehr von ihm gehört?"

Harriet nickte stumm.

Morrison sah die beiden Frauen an. Dann sagte er: „Ich muss sie bitten, mit ins Kommissariat zu kommen. Und ich befürchte, ich habe eine schlechte Nachricht für Sie. Vorige Woche ist ein Mann, den wir als Matthew Blake identifiziert haben, aus der Themse gefischt worden. Tot."

Harriet stieß einen kleinen Schrei aus und hielt sich die Hand vor den Mund. Clarissa sah Morrison mit schreckgeweiteten Augen an. „Was ist passiert? Ist Matthew ertrunken?"

„Nein, er wurde ermordet."

„Ich brauche einen Drink" sagte Clarissa und griff zum Whiskey. Sie füllte ein Glas zwei Finger breit und fragte: „Noch jemand?"

Harriet nickte, die beiden Polizisten schüttelten den Kopf.

Wenig später brachen Sie zum Kommissariat auf.

Nachdem sie ein Bild des Toten angesehen und bestätigt hatten, dass es sich um Matthew Blake handelte, erzählte Clarissa noch einmal die Geschichte: Dass sie zu Georges Haus gefahren seien, den Umschlag mit dem Brief an Harriet und den Schlüsseln gefunden und danach Matthew angerufen hätten mit der Bitte, Laura Cassetti ausfindig zu machen. Harriet saß apathisch auf einem Stuhl und schien völlig abwesend. Sie war totenbleich, und sie zitterte so stark, dass Morrison den Polizeiarzt kommen ließ, der Harriet eine Spritze verpasste. Danach reichte Kline ihr eine Tasse Tee. Langsam belebten sich ihre Züge wieder.

Morrison sah auf die Uhr und sagte: „Ich glaube, wir sollten jetzt zu der Bank fahren und nachsehen, ob wir dort etwas in Erfahrung bringen können." Und zu Harriet gewandt: „Sie müssen uns nicht begleiten, es wird Sie jemand nach Hause bringen. Ruhen Sie sich aus. Ihre Tochter wird uns begleiten."

In der Bank angekommen, bat er darum, mit dem Direktor sprechen zu dürfen. Sie wurden in das Büro geführt und Morrison trug sein Anliegen vor. Coleman, der Direktor, schickte nach Jim Nolan, der die Schließfächer betreute, und teilte ihm mit, weswegen Morrison bei ihm war.

Nolan nickte und sagte: „Ich kenne Matthew Blake, er war vor etwa drei Wochen hier mit einer jungen Frau. Er hatte die Schließfachschlüssel von George Mastersons Fächern und einen Brief, der die Frau als Tochter von Masterson und als rechtmäßige Erbin auswies. Ich habe die Dokumente geprüft und dann beide zu den Schließfächern begleitet. Mit meinem Zweitschlüssel habe ich die Fächer geöffnet und die Herrschaften – wie es Vorschrift ist – allein gelassen. Nach wenigen Minuten haben beide das Haus verlassen. Ist etwas nicht in Ordnung?"

Morrison fragte: „Konnte die Frau sich ausweisen?"

„Selbstverständlich."

„Notieren Sie in solchen Fällen die Angaben?"

„Natürlich. Ich hole das Buch sofort."

Kurze Zeit später kam Nolan zurück. Er hatte ein in Leder gebundenes Buch in Händen und blätterte darin.

„Hier habe ich es. Es war vor genau drei Wochen. Laura Cassetti, englische Staatsbürgerin, in Italien lebend. Und hier ist auch die Passnummer und die Anschrift." Er reichte den Eintrag Morrison, der das Buch an Sergeant Kline weitergab, die alles in ihr Notizbuch abschrieb.

Morrison wandte sich an Direktor Coleman: „Ich muss Sie bitten zu prüfen, was sich in den Schließfächern befindet" sagte er. Zu Clarissa gewandt fuhr er fort „Ich gehe davon aus, dass das auch in Ihrem Interesse ist." Clarissa nickte zum Zeichen Ihres Einverständnisses.

Coleman wand sich: „Wir können die Fächer nur mit einem unserer Schlüssel und dem des Berechtigten öffnen" erklärte er, aber Morrison wischte den Einwand mit einer Handbewegung zur Seite: „Es gibt sicher immer wieder einmal den Fall, dass ein Kunde seinen Schlüssel verliert, nicht wahr? Wollen Sie mir ernsthaft weisemachen, dass der Inhalt dann für alle Zeit in dem entsprechenden Fach liegen muss, ohne dass der rechtmäßige Besitzer auf sein Eigentum zurückgreifen kann?"

Coleman murmelte etwas und gab dann Nolan die Anweisung, in Anwesenheit des Inspektors die Fächer zu öffnen. Als beide wenig später zurückkamen sagte Morrison: „Genau, wie ich es mir gedacht habe, die Fächer sind leer."

Die Polizisten bedankten sich bei Coleman und Nolan und verließen mit Clarissa die Bank.

Draußen sagte Morrison zu Clarissa: „Danke, das Sie uns Ihre Zeit geopfert haben."

Clarissa fragte: „War das jetzt alles?"

„Es scheint, als habe Laura Cassetti als Letzte Matthew Blake lebend gesehen. Wir werden uns mit ihr in Verbindung setzen. Falls wir Sie noch einmal benötigen, wissen wir, wo wir Sie finden können. Nochmals vielen Dank, und meine Empfehlung an Ihre Frau Mutter."

Clarissa fuhr geradewegs nach Belgravia. Harriet wartete schon ungeduldig, und Clarissa berichtete ihr, was in der Bank geschehen war. Harriet sah sie resigniert an: „Nun,

Georges Vermögen dürfte wohl verloren sein" stellte sie fest. „Was ich aber nicht verstehe ist, wie konnte Matthew mit Laura, die ja zu diesem Zeitpunkt schon nicht mehr lebte, in der Bank erscheinen?"

Clarissa dachte nach und sagte dann: „Den Umschlag mit den Briefen und den Schlüsseln hat er mitgenommen, als er das Haus verließ....und Laura....hm, vielleicht war sie gar nicht tot. Niemand von uns hat sie angefasst. Und Matthew hat ein Handtuch über ihr Gesicht gelegt. Da war ein Trick, den die beiden sich ausgedacht haben. Laura hat dir zwar gesagt, sie sei gerade erst aus Italien angekommen, aber wissen wir das sicher? Vielleicht hat sie sich mit Matthew schon vorher getroffen. Ich rufe jetzt Andrew an. Er muss auf jeden Fall auch Bescheid wissen. Zumal er unsere Version der Geschichte bestätigen muss, falls die Polizei ihn fragt."

Am folgenden Freitag rief Morrison bei Harriet an und erkundigte sich nach ihrem Befinden. Als sie sagte, es gehe ihr wieder einigermaßen gut, kündigte er seinen Besuch für den Nachmittag an und erwähnte, er bringe noch jemanden mit. Harriet verständigte ihre Kinder, und als Morrison – diesmal ohne Sergeant Kline, dafür mit einer großen hübschen jungen Frau an seiner Seite – erschien, standen auf dem Tisch im Wohnzimmer der Nachmittagstee und ein Teller mit Gebäck.

Morrison und die junge Frau nahmen die angebotenen Plätze ein, und der Inspektor fragte, nachdem er mit Andrew bekanntgemacht worden war: „Kennt jemand von Ihnen diese junge Frau?"

Allgemeines Kopfschütteln.

„Nun", fuhr der Inspektor fort „dies ist Laura Cassetti."

Drei erstaunte Augenpaare richteten sich auf ihn. Er wandte sich an Laura: „Vielleicht erzählen Sie Mrs. Miles und ihren Kindern einmal, was sie mir erzählt haben."

Laura nickte schüchtern: „Ich sprechen nicht mehr so gut Englisch, Entschuldigung. Ich ganz klein, leben hier in London. Nix wissen von Papa George. Wenn gehen in Schule, Dino schicken Mama und mich nach Italia. Da Mama mir erzählen von George. Dann später, wenn Mama und Dino scheiden, Mama mir alles sagen, von Dino und kein Interesse für Frauen und so. Aber Dino immer gut Freund von Mama und schicken Geld für Leben, wenn Mama nicht mehr tanzen, weil Füße sind nix mehr gut."

„Tanzen Sie auch, mein Kind?" fragte Harriet.

„No, machen mit Mama und Schwester von Mama Geschäft mit Olio, Pasta, Antipasti. Schicken überall, auch England und Amerika."

„Erzählen Sie von Dino", sagte der Inspektor.

„Dino nix sehen, seit gehen in Schule. Er schreiben und rufen an, aber nix besuchen."

Morrison warf ein: „Wissen Sie, wo Dino Cassetti sich zur Zeit aufhält?"

„Wenn anrufen letztes Mal, er sagen, gehen nach Las Vegas für zwei Monate."

Der Inspektor nickte Laura zu, dann sagte er: „Ich bringe Laura jetzt in ihre Pension. Sobald die Ermittlungen abgeschlossen sind, gebe ich Ihnen die Adresse, damit Sie, falls Sie das wollen, mit ihrer Nichte bzw. Cousine in Verbindung treten können."

An der Tür wandte er sich noch einmal um: „Wie hoch belief sich schätzungsweise das Vermögen von George Masterson?"

Harriet sagte: „Ich kann nur spekulieren, Genaues weiß ich nicht, aber ich denke so etwa zwei Millionen Pfund. Und soweit mir bekannt ist, hat er sein Vermögen zu großen Teilen in Diamanten angelegt."

Der Inspektor nickte und verließ mit Laura das Haus.

Kaum hatte die Tür sich hinter ihnen geschlossen, platzte Andrew heraus: „Meine Güte, die sieht ja toll aus und das völlig ungeschminkt."

„Ja" sagte Clarissa „aber wenn sie geschminkt wäre, könnte sie gut die Laura sein, die wir kennen."

„Spricht aber nur schlecht Englisch. Die andere hat ja fast ohne Akzent gesprochen."

„So etwas kann man spielen."

„Tja, auch wieder wahr."

Clarissa bemerkte nach einer Weile: „Obwohl hier niemand das Thema berührt, ist euch eigentlich klar, dass unser Erbteil auch futsch ist. Egal, wie viel es gewesen wäre, es wäre auf jeden Fall mehr als nichts gewesen."

Harriet sagte: „Mir ist am wichtigsten, dass es keine Leiche gibt, die Matthew irgendwo hat verschwinden lassen."

„Dafür ist er jetzt selbst ein Engelchen" bemerkte Andrew spöttisch.

„Warten wir einfach noch eine Weile ab, ob der Inspektor noch irgendetwas herausbekommt. Er sprach davon, dass die Ermittlungen noch laufen."

Nachdem Morrison Laura in die Pension gebracht hatte, fuhr er ins Kommissariat, wo er Sergeant Kline antraf.

„Und, wie lief es?" wollte sie wissen. Morrison zuckte die Achseln.

„Nichts Neues. Da müssen wir uns wohl anstrengen, um herauszufinden, wer da wen übers Ohr haut. Fassen wir doch einmal zusammen: Ein Mann vererbt einen Teil seines Vermögens einer Tochter, die er nie gesehen hat. Sein Vermögensberater bringt sich in den Besitz der Schließfachschlüssel und räumt mit angeblich eben dieser Tochter die Fächer aus. Danach finden wir den Vermögensberater als Leiche. Die Tochter hat für die geschätzte Tatzeit ein wasserdichtes Alibi. Sie ist in der fraglichen Zeit eindeutig in Italien gewesen. So weit, so gut. Jetzt die ungeklärten Fragen: Wer war die Person, die mit diesem Matthew in der Bank war? Wer hat Matthew umgebracht und den Inhalt der Schließfächer an sich genommen? Ach ja, der Pass von Laura ist erst ein paar Wochen alt. Ihren alten Ausweis hat sie zusammen mit ihrer Tasche verloren bzw. die Tasche nebst Inhalt ist ihr gestohlen worden."

„Was folgern wir daraus?" fragte Kline und beantwortete diese Frage selbst. „Jemand hat sich des Ausweises bemächtigt und sich als Laura ausgegeben. Und dieser Jemand hat den unliebsamen Mitwisser Matthew ins Jenseits befördert."

„Richtig" sagte Morrison. „Aber wer ist diese Person?"

„Hat Laura Geschwister?"

„Nein, und um Ihrer nächsten Frage zuvor zu kommen, die Tante ist klein, dicklich und sieht ihrer Nichte überhaupt nicht ähnlich. Gleiches gilt für die Mutter. Sie ist zwar schlank, jedoch mindestens 10 cm kleiner als Laura und läuft ganz anders, da sie unter Fersenspornen leidet."

Nach einer Weile, in der die beiden ihren Gedanken nachhingen, sagte Morrison. „Finden Sie doch mal heraus, wo in Las Vegas Cassetti gerade auftritt. Vielleicht hilft uns das weiter. Ich werde inzwischen recherchieren, wo man ungefasste Diamanten losschlagen kann."

Der nächste Tag brachte keine neuen Erkenntnisse, jedoch eine Überraschung: Harriet Miles ließ sich bei Inspektor Morrison melden.

Schüchtern, jedoch sehr aufrecht saß sie vor seinem Schreibtisch und erzählte, was sich wirklich zugetragen hatte. Morrison blickte grimmig drein und sagte: „Durch Ihr Schweigen, Madam, haben Sie die Arbeit der Polizei in gefährlicher Weise be- und eine schnelle Aufklärung verhindert. Und nicht nur das Matthew Blake könnte noch leben, wenn Sie uns sofort verständigt hätten."

„Komme ich dafür ins Gefängnis?" fragte Harriet kleinlaut. Morrison antwortete: „Das hängt von ihrer weiteren Kooperationsbereitschaft ab", und als er sah, dass der alten Dame Tränen in die Augen schossen, fügte er ein wenig milder hinzu: „Es wird eventuell eine Strafanzeige geben, aber ins Gefängnis müssen Sie nicht." Harriet atmete auf. Dann gingen sie den besagten Nachmittag noch einmal Stück für Stück durch, und Sergeant Kline machte sich eifrig Notizen.

Danach zog Morrison ein Fotoalbum aus dem Schreibtisch, das er Harriet reichte. „Kennen Sie die Personen auf den Bildern?" fragte er.

Sie sah einen alten dicken Mann, der ein Akkordeon in den Händen hielt, einen jüngeren Mann in einer Marine-Uniform, eine attraktive Dame in einer Abendrobe, eine Frau in einem verführerischen Nachtgewand und eine alte Dame mit ondulierten Haaren, einem Tweed-Mantel und einer altmodischen Handtasche.

Morrison wies auf die Bilder: „Dies alles ist Dino Cassetti" sagte er, und ließ die Worte wirken. „Sein Agent hat uns die Mappe zur Verfügung gestellt. Wir wissen, dass er hier in London lebte und wahrscheinlich immer noch lebt. So hat er erfahren, dass der Vater seiner Stieftochter verstorben ist, schließlich stand es in praktisch jeder Zeitung. Vermutlich hat er schon zu Lebzeiten Ihres Bruders recherchiert, dass dieser sehr vermögend war. Bei dieser Gelegenheit ist er wohl auf Matthew Blake aufmerksam geworden. Wie er an ihn herangetreten ist, und von wem der Plan ausging, sich in den Besitz des Vermögens zu bringen, werden wir wohl nie erfahren. Fest steht für mich, er ist in die Rolle seiner Stieftochter geschlüpft, und er und Blake haben Ihren Bruder bzw. Sie als Erben bestohlen. Danach hat er Blake als Mitwisser aus dem Weg geschafft. Seit dieser Zeit ist er auch nicht mehr in seiner Wohnung in Wimbledon gewesen, was nicht verwundert, da er ja ein Engagement in Las Vegas hat. Dort tritt er nachweislich dreimal wöchentlich auf. Bleib nur noch die Kleinigkeit herauszufinden, wo er die Diamanten versteckt hat und wie wir ihn dahin bekommen, dass er den Mord an Blake gesteht."

Nachdem Harriet wieder gegangen war, sagte Kline: „Wenn Sie Diamanten im Wert von ein paar Millionen besitzen würden, diese nicht einfach im Koffer in die USA schmuggeln können, wo würden sie diese versteckten, dass Sie zwar jederzeit an sie herankommen, jedoch außer Ihnen niemand eine Chance hat, sich ihrer zu bemächtigen?"

Morrison sprang von seinem Stuhl auf: „Natürlich, das ist es!" rief er erregt. „Ein Bankschließfach, was sonst?"

Kline sah ihn irritiert an: „Meinen Sie wirklich?"

Morrison nickte: „Und ich gehe sogar noch weiter. Ich behaupte, er hat ein Schließfach in derselben Bank wie Masterson."

Er stürmte so schnell aus dem Büro, dass Kline Mühe hatte, ihm zu folgen.

Diesmal wurden sie ohne weitere Formalitäten zu Coleman vorgelassen und Morrison bat um die Video-Bänder, auf denen alle eintretenden Bankkunden zu sehen waren. Da er den Tag des Raubes und das Datum der Abreise Cassettis nach Las Vegas kannte, brauchte er lediglich die Bänder von vier Tagen zu sichten. Nolan wurde gerufen, und gemeinsam gingen sie jede einzelne Person durch. Die persönlich bekannten Kunden vernachlässigten sie erst einmal und konzentrierten sich auf neue Kunden oder fremde Gesichter. Gleichzeitig überprüften sie die Liste mit den neu angelegten Schließfächern. Hierbei gingen sie allerdings bis zu Mastersons Todestag zurück, da es immerhin möglich war, dass Cassetti das Schließfach bereits zu einem früheren Zeitpunkt angemietet hatte. Gegen 18.00 Uhr verließen sie die Bank mit dem Hinweis, dass sie am nächsten Morgen weitermachen wollten.

Es war schon fast Mittag, als Morrison sagte: „Spulen Sie noch einmal das Band zurück." Als Nolan tat, wie ihm geheißen, sagte Morrison: „Schauen Sie einmal genau hin. Vor der Tür befindet sich eine ältere Dame, die vorbeigeht. Und hier geht sie wieder in die andere Richtung zurück. Und jetzt betritt sie die Bank. Wissen Sie, wer das ist?" Nolan nickte. „Eine neue Kundin. Vor ein paar Wochen hat sei ein Konto hier eröffnet, und ein Bankschließfach hat sie auch."

„Wie ist der Name?"

Nolan blätterte in seinen Unterlagen. „Grace Summer" antwortete er.

„Und wo wohnt die Dame?"

„Alverstone Ave 114."

„Konnte Sie sich ausweisen?"

„Ja, natürlich, mit einem Führerschein."

Morrison griff zum Handy. „Stellen Sie fest, ob eine Grace Summer in der Alverstone Ave 114 wohnt. Alter ca. 60 bis 65 Jahre, ca. 170 groß. Haare blond, korpulent. Und rufen Sie mich direkt von dort aus an." Er beendete das Gespräch und sie sichteten weiter die verbliebenen Bänder. Sie waren beim vorletzten angelangt, als Morrisons Handy klingelte. Kline meldete sich. Morrison hörte schweigend zu und sagte dann: „Hab ich mir gedacht. Danke und bis später."

An Nolan gewandt sagte er: „Mrs. Summer weilt seit 18 Monaten nicht mehr unter den Lebenden. Wer auch immer in Ihrem Haus ein Konto und ein Bankschließfach auf diesen Namen besitzt, hat die Identität einer Toten angenommen."

Der Rest war Formsache. Nach dem üblichen Zögern ließ Coleman das Bankschließfach der angeblichen Grace Summer öffnen, und darin fanden sich zwei Beutel mit lupenreinen Diamanten.

Bei der Durchsuchung von Cassettis Wohnung in Wimbledon fanden die Beamten nicht nur die falsche Fahrlizenz, sondern auch im riesigen Requisiten-Kleiderschrank die Garderobe, die Dino als falsche Laura und Mrs. Summer bei seinem Besuch in der Bank getragen hatte. Als er wenig später von Las Vegas kommend in Heathrow landete, standen dort Morrison und Kline, die ihn mit den Worten in Empfang nahmen:

„Dino Cassetti, Sie sind verhaftet wegen Mordverdachts an Matthew Blake und Raub der Masterson-Diamanten. Alles, was Sie von nun an sagen, kann gegen Sie verwendet werden."

Der Verdacht

Es ist 8.30 Uhr und in der Kantine hat sich eine lange Schlange derer gebildet, die sich ihr Frühstück kaufen möchten. Die Kassiererin ist in das hinter der Küche liegende Büro gegangen, um dort im Geldschrank nach Wechselgeld zu fahnden. Die Wartenden unterhalten sich leise. Einzig zwei junge Männer, einer blond, der andere dunkelhaarig, unterhalten sich in normaler Lautstärke.

Gerade sagt der Blonde: „Verstehst du, ich konnte nicht anders. Er stand einfach vor mir, sah mich an, mit so wunderschönen braunen Augen, da konnte ich nicht widerstehen. Ich musste ihn einfach mitnehmen. Natürlich weiß ich, dass ich es eigentlich nicht hätte tun sollen, aber es war ein Spontanentschluss, und jetzt ist er eben bei mir.“

Die Gespräche verstummen langsam und die Aufmerksamkeit der Wartenden richtete sich auf die beiden jungen Männer.

Eben fragt der Dunkelhaarige: „Und was sagen deine Eltern dazu?“

„Ich habe doch seit August eine eigene Wohnung.“

„Na, dann eben deine Vermieter. Erlauben die das denn?“

„Ich habe gesagt, es sei nur vorübergehend.“

„O.k. Aber hast du denn die Zeit, dich auch um ihn zu kümmern?“

„Na klar, man muss Prioritäten setzen können" sagt der Blonde mit einem Lachen.

Nun ist den beiden Männern die ungeteilte Aufmerksamkeit der Anderen sicher. Die Spannung ist fast körperlich spürbar.

Der Dunkelhaarige: „Liebe auf den ersten Blick, was?"

„Kann man so sehen".

„Hast du denn Erfahrung auf dem Gebiet, ich meine, hast du schon früher mal einen gehabt?"

Nun macht die Schlange der Wartenden Ohren groß wie Rhabarberblätter. Die Vorderen haben noch gar nicht registriert, dass die Kasse wieder besetzt ist. Selbst die Kassiererin lauscht angestrengt.

Der Dunkelhaarige beginnt erneut: „Warst du schon beim Arzt mit ihm?"

„Nee, wieso?"

„Mensch, du weißt doch gar nicht wie lange der schon herum gestreunert ist, der kann sich doch alles Mögliche eingefangen haben."

„Glaube ich nicht, dazu sieht er einfach zu gut aus. Und so lange lebt der noch nicht auf der Straße. Ich denke, der ist erst vor kurzem abgehauen."

„Weißt du denn, wie alt er ist?"

„Nein, aber ich glaube, er ist noch sehr jung, hat noch ganz weiche Haare."

Jetzt sind die Blicke deutlich missbilligend auf den Blonden gerichtet.

Der Dunkelhaarige wendet sich der Theke zu und nimmt sich ein Brötchen. Dabei fragt er:

„Und was ist mit unseren Donnerstag Abenden auf dem Kornmarkt?"

„Ich nehme ihn einfach mit."

„Hm, das halte ich für keine gute Idee. In einer Kneipe hat ein Hund eigentlich nichts zu suchen."

Ein Weihnachtsmärchen

Er machte sich die zweite Flasche Bier auf, dabei war es erst fünf Uhr am Nachmittag. Aber immerhin, es war schon dunkel, und außerdem war heute so ein kaputter Tag – Heilig Abend -. Nirgendwo war etwas los. Seine ehemaligen Freunde saßen sicher mit ihren Familien beim Kaffee. Sollten sie doch! Er hatte damit nichts am Hut. Seit Florence ausgezogen war, hatte er nicht einmal mehr Kerzen aufgestellt.

Dies war schon das zweite Weihnachtsfest, das er allein verbrachte. Im letzten Jahr hatte er sich die Kante gegeben und von dem ganzen Gesäusel nichts mitbekommen. Na ja, vielleicht klappte es in diesem Jahr ja auch wieder.

Ein Klopfen an der Wohnungstür. Das fehlte ihm gerade noch. Sicher will die Alte von unten ihn daran erinnern, dass er den Flur noch nicht geputzt hatte. Am besten, das Ganze ignorieren. Das Klopfen wird dringlicher.

„Ja, Herrgott nochmal, ich komme ja schon."

Tatsächlich, es ist die Alte. Über sechzig ist sie schon und trägt immer noch große Ohrringe und schwarze Ponchos oder Lederjacken. Er nuschelt ein „Was gibt's denn?" und wirft ihr – wie heißt sie doch gleich – ach ja, Frau Garcia – einen bösen Blick zu. Sie jedoch lächelt, nicht wie alte Damen von Rechts wegen zu lächeln haben: schüchtern und um Entschuldigung bittend, sondern strahlend und provokativ.

„Frohe Weihnachten, Herr Lamotte, ich erwarte Sie um 19.00 Uhr zum Abendessen. Seien Sie pünktlich!" und weg ist sie.

106

Sprachlos steht er im Türrahmen.

....wieso?...

Jerome schließt die Tür und nimmt erst einmal einen Schluck aus der Flasche. Als Florence noch da war, sind sie öfter unten gewesen, auch Weihnachten, aber seit sie ausgezogen ist, hat er kaum noch gegrüßt. Alles ging ihm auf die Nerven in diesem Haus. Wäre die Wohnung nicht so hell und für die Lage preisgünstig, hätte er sich schon längst eine andere Bleibe gesucht. Die Erinnerung an die alten Zeiten war immer noch präsent. Da waren die Gespräche auf dem Sofa unter dem Keith-Haring-Poster, das gemeinsame Kochen an den freien Wochenenden, der morgendliche Wettlauf ins Bad und unter die Dusche, weil für den zweiten meistens nicht genug heißes Wasser übrig blieb, die abendlichen Spaziergänge durch die Stadt, die Ausflüge in die Weinberge......Halt! Jetzt nur nicht sentimental werden, das ist Schnee von gestern und außerdem....

Er ruft sich den letzten gemeinsamen Abend ins Gedächtnis zurück. Es war in den ersten Novembertagen. Sie kam strahlend nach Hause und teilte ihm mit, dass sie unter 180 Bewerbern für den sechsmonatigen Crash-Kurs ausgesucht worden sei. Dieser Kurs würde sie beruflich einen Riesenschritt weiterbringen. Seine Laune war schlagartig gesunken, denn er wusste, dass diese Schulung in den USA stattfinden sollte. Entsprechend verhalten war seine Reaktion. Von Begeisterung keine Spur. Ausgerechnet jetzt, wo er die Leitung des Hotels übernommen hatte und einen freien Rücken brauchte. Ihre Argumente, dass sechs Monate schließlich keine Ewigkeit dauern, die Flugverbindung in die Staaten ausgezeichnet seien und sie für ihr berufliches Weiterkommen eine einmalige Chance sähe, brachten ihn noch mehr in Rage. Er warf ihr Egoismus vor. Ein Wort gab das andere und schließlich teilte sie ihm mit, dass sie auf dieser Ebene nicht mehr weiterdiskutieren werde und erst einmal bei Frau Garcia einen Kaffee trinken wolle.

„Dann hau doch ab, meinetwegen gleich jetzt, ich komme auch ohne dich klar" hatte er gebrüllt, aber da hatte sie die Tür schon hinter sich geschlossen. Sie war gegangen und an diesem Abend nicht mehr zurückgekommen. Am nächsten Tag, als er von der Arbeit kam, waren ihre persönlichen Sachen verschwunden, und auf dem Tisch lag ein Zettel: „Wenn du wieder in der Lage bist, sachlich zu diskutieren, erreichst du mich unter folgender Telefon-Nummer...".

Soweit kam es noch! Er würde nicht zu Kreuze kriechen. Sollte sie erst einmal schmoren. Drei Tage lang ließ er nichts von sich hören, dann tat ihm der Streit mit einem Mal furchtbar leid. Mit schwerem Herzen wählte er die angegebene Nummer. Natürlich waren sechs Monate überschaubar, und Anfang März konnte er sicher ein paar Tage zu ihr fliegen. Sie hatte ja Recht. Mit dieser Ausbildung standen ihr ganz andere Möglichkeiten offen. Und im Übrigen kam er wirklich allein klar. Die Reinemachefrau würde für Ordnung und Sauberkeit sorgen, verpflegen konnte er sich im Hotel und vielleicht schaffte er es dann endlich, sein vor Monaten begonnenes Sachbuch fertig zu stellen.

Warum ging sie denn nicht ans Telefon? Da endlich, eine Männerstimme: „Hotel-Pension Chez Paula". Er stutzte kurz und fragte dann nach ihr. Die Auskunft, die er erhielt, ließ seinen Blutdruck sprunghaft steigen: Die Dame sei heute Morgen abgereist. Er knallte den Hörer auf die Gabel. Was nun? Ach ja, ihr Handy. Dass ihm das nicht gleich eingefallen war. Er wählte ihre Nummer, aber nur eine Stimme vom Band teilte ihm mit, dass der Anschluss vorübergehend nicht erreichbar sei.

Jetzt hatte er Betriebstemperatur erreicht. Er rannte aus der Wohnung und trommelte an die Tür der Alten. Noch bevor sie ganz geöffnet hatte, brüllt er los. Sie sollte ihm sofort sagen, wo Florence sei, sonst könne er für nichts garantieren. Unbeeindruckt und freundlich sagte ihm Frau Garcia, dass sie Florence an jenem Abend vor drei Tagen zum letzten Mal gesehen habe. Dann schloss sie die Tür und ließ ihn wie einen begossenen Puder im Treppenhaus stehen.

In den folgenden Wochen hatte er keine gute Zeit. Zuerst der Auffahrunfall, an dem er die Schuld trug, dann kündigte die Reinemachefrau, und da er mit jedermann aus nichtigstem Anlass stritt, zogen sich auch die Freunde nach und nach zurück.

Dann waren die sechs Monate um, aber kein Lebenszeichen von Florence. Er hatte sich jetzt wieder voll im Griff, sogar sein Buch hatte er fertiggestellt, aber weh tat es immer noch. Und jetzt, wo fast alles wieder in seinem Leben gerade lief und er die Gedanken an die Vergangenheit nahezu verdrängt hatte, kam die Alte und lud ihn ein.

Er würde einfach nicht hinuntergehen. Besser hier noch ein paar Bier trinken und dann ins Bett. Ein Blick auf die Uhr belehrte ihn, dass er seit mehr als einer Stunde seinen Gedanken nachgehangen hatte. Und langsam bekam er Hunger. Ober er vielleicht wenigstens zum Essen...? Aber war es nicht unhöflich, wenn er danach sofort ging? „Ach was soll's" dachte er und schlüpfte aus seinen Uralt-Jeans.

Nachdem Jerome geduscht hatte, kleidete er sich adrett, als ginge er zur Arbeit und benutzte sogar das Rasierwasser, das sie (er vermied es, ihren Namen zu denken) ihm kurz vor ihrem Abgang geschenkt hatte.

Irgendeine Kleinigkeit sollte er eigentlich mitnehmen, schließlich war Weihnachten. Ob im Keller noch die Rotweinflaschen aus Roussillon lagen? Er war seit Monaten nicht mehr im Tiefgeschoss gewesen. Wein trank er nur in Gesellschaft, ansonsten bevorzugte er Bier, das er im Kühlschrank lagerte. Er kramte nach dem Kellerschlüssel und fuhr nach unten. Verstaubt lag da noch ein gutes Dutzend Flaschen im Regal. Er wählte drei aus und packte sie in ein Holzkistchen. Geschenkpapier hatte er nicht – dann musste es eben ohne gehen.

Pünktlich um 19.00 Uhr stand er vor der Wohnungstür von Frau Garcia. Gerade wollte er klingeln, als er ein Kind weinen hörte. Hatte die Al...pardon, Frau Garcia etwa noch mehr Leute eingeladen? Darauf hatte er ja überhaupt keinen Bock. Sie allein würde er vielleicht ein oder zwei Stündchen ertragen können, aber irgendwelche Verwandten, die auf Weihnachtsstimmung machten – nein, das musste er sich nicht antun.

Gerade wollte er sich umdrehen und zurück in seine Wohnung gehen, als die Türe geöffnet wurde und Frau Garcia vor ihm stand.

„Wie schön, Herr Lamotte, ich wollte sie gerade holen. Treten Sie ein."

Von der Diele aus warf er einen schnellen Blick in Wohn- und Esszimmer, konnte aber niemanden sehen. Gott sei Dank, doch kein anderer Besuch.

Er reichte ihr den Wein und folgte ihr zur Sitzecke, in die sie ihn komplimentierte. Dort stand auf dem Wohnzimmertisch ein Tablett mit einer Karaffe und Sherry-Gläsern.

„Bedienen Sie sich, ich lasse Sie für wenige Minuten allein, der Braten, wissen Sie."

Und schon war sie in der Küche verschwunden. Er griff zum Flacon, als sich die Schlafzimmertür öffnete. Verdutzt drehte er sich um – und da stand sie, Florence, in voller Größe und noch hübscher, als er sie in Erinnerung hatte. Mit einem Lächeln, das ihn bezauberte, ging sie auf ihn zu und reichte ihm das Paket, das sie in den Armen hielt.

„Frohe Weihnachten, Jerome, dies ist deine Tochter Claudine."

www.tredition.de

Über tredition

Der tredition Verlag wurde 2006 in Hamburg gegründet. Seitdem hat tredition Hunderte von Büchern veröffentlicht. Autoren können in wenigen
leichten Schritten print-Books, e-Books und audio-
Books publizieren. Der Verlag hat das Ziel, die
beste und fairste Veröffentlichungsmöglichkeit für
Autoren zu bieten.

tredition wurde mit der Erkenntnis gegründet,
dass nur etwa jedes 200. bei Verlagen eingereichte
Manuskript veröffentlicht wird. Dabei hat jedes
Buch seinen Markt, also seine Leser. tredition sorgt
dafür, dass für jedes Buch die Leserschaft auch
erreicht wird

Autoren können das einzigartige Literatur-
Netzwerk von tredition nutzen. Hier bieten zahlreiche Literatur-Partner (das sind Lektoren, Über-
setzer, Hörbuchsprecher und Illustratoren) ihre
Dienstleistung an, um Manuskripte zu verbessern
oder die Vielfalt zu erhöhen. Autoren vereinbaren

unabhängig von tredition mit Literatur-Partnern die Konditionen ihrer Zusammenarbeit und können gemeinsam am Erfolg des Buches partizipieren.

Das gesamte Verlagsprogramm von tredition ist bei allen stationären Buchhandlungen und Online-Buchhändlern wie z. B. Amazon erhältlich. e-Books stehen bei den führenden Online-Portalen (z. B. iBookstore von Apple) zum Verkauf.

Seit 2009 bietet tredition sein Verlagskonzept auch als sogenanntes "White-Label" an. Das bedeutet, dass andere Personen oder Institutionen risikofrei und unkompliziert selbst zum Herausgeber von Büchern und Buchreihen unter eigener Marke werden können.

Mittlerweile zählen zahlreiche renommierte Unternehmen, Zeitschriften-, Zeitungs- und Buchverlage, Universitäten, Forschungseinrichtungen, Unternehmensberatungen zu den Kunden von tredition. Unter www.tredition-corporate.de bietet tredition vielfältige weitere Verlagsleistungen speziell für Geschäftskunden an.

tredition wurde mit mehreren Innovationspreisen ausgezeichnet, u. a. Webfuture Award und Innovationspreis der Buch-Digitale.

tredition ist Mitglied im Börsenverein des Deutschen Buchhandels.

Zeitfracht Medien GmbH
Ferdinand-Jühlke-Straße 7
99095 Erfurt, Deutschland
produktsicherheit@kolibri360.de